目
录 Contents

行旅散记

朝霞映红瀛东村/3

走进冬日的三亚/8

红学之旅大观园/11

大美橘园等你来/13

漫步徐汇滨江园/16

冬日桂林公园行/19

崇明金鳌山掠影/21

春雾中沙溪古镇/24

春风吹醉沙家浜/27

漫步在瀛洲公园/30

郊野春风扑面来 / 32

上海迪士尼印象 / 36

嘉兴南湖的感怀 / 38

寻访圣三堂旧址 / 41

古韵悠悠闻道园 / 45

访杜月笙藏书楼 / 49

探觅丰乐镇老街 / 53

访登瀛书院旧址 / 56

池州景美人更爽 / 61

秋阳下上海之巅 / 64

品游日本人吉城 / 67

古朴秋韵水博园 / 71

广福讲寺巡游记 / 75

七宝古镇的漫思 / 78

冬日的和平公园 / 81

渔乡小村魁星阁 / 83

访崇明抗日史馆 / 86

波光掠影

冬雨绵绵情深深 / 91

落叶是秋冬精灵 / 93

怡情养性绿冬青/96

灿亮冬日山茶花/98

家乡田螺记情怀/100

赏心悦目红石楠/102

悠悠春风吹乡愁/104

记忆中的昂刺鱼/107

难忘当年插秧忙/109

崇明岛羊肉米酒/112

留在心中那座桥/115

遥想当年喊火烛/118

壁画新花瀛洲开/120

家乡的雕花木床/122

白沙枇杷花果艳/125

家住银杏古树旁/129

激情四溢夹竹桃/132

柿子熟了满枝红/134

最是醉人秋色浓/136

炊烟铁锅情满怀/139

橙黄如金楝树果/142

心弦独奏

故乡明月伴我行/147

月光菩萨的传说/150

八仙造米的传说/153

俗语中科学哲理/156

生动有趣回文联/159

雪花飘飘沙上风/161

鹊鸣声声影重重/165

牛角印章溢深情/168

紫苏泡茶解蟹寒/171

插红根香记情怀/173

难忘当年掰手腕/176

堡镇与布镇由来/178

难忘那段师生情/180

忆情航风船往事/182

想起那把老竹椅/185

崇明山药胜补药/187

问路寻人见真情/189

遥想当年大鹿岛/191

难忘大黑山往事/194

黄杨木全堂佛像/196

行旅散记

朝霞映红瀛东村

深秋的清晨,朝霞从东海边冉冉升起,映红了崇明岛上最最东端的瀛东村。此时,波光粼粼的江面上,水是红的,树是红的,田野是红的,农舍也是红的,红色染遍了这里的一切……

瀛东村,原是在滩涂上围垦起来的小渔村,1989 年正式建制。占地面积约 2 500 亩,可算得是岛上最年轻的村落。它东临波澜壮阔的东海,南倚日夜奔流的长江,北接东滩湿地鸟类自然保护区,距上海长江大桥仅 6 公里,是长江巨龙口中一颗熠熠生辉的明珠。勤劳智慧的瀛东村人浇筑了伟大的灵魂,创造了一段段传奇,使瀛东村这片备受自然恩赐和厚爱的沃土愈加美丽富饶,祥云盛开。

这里水秀天清,秋阳普照,秋光灿烂,秋风习习,秋色宜人。徜徉在村内,花繁树茂,农舍别致,湖水清澈,鱼跃鸟翔,野趣浓郁,环境优美。清晨,我沿着堤岸,翘首东望,只见晨光熹微,万籁俱寂,天幕上飘着的几朵淡云,染上了茫茫的色调。这里的一切,都浸透着新鲜：空气是湿润的，清风是飒爽的，人们是质朴的，感情是真挚的……

在这大地沉睡后刚苏醒的时刻，观赏东海日出，那是最佳的地理位置，可算是上苍赐予瀛东村人得天独厚的自然资源。静坐一隅，极目远眺，曚昽中的东方露出鱼肚白，泛着微弱的亮光，淡云散尽，云天拉开帷幕，群星隐退，仅剩几颗廖廖晨星，在爽朗的苍穹中闪淡而去。

再神情专注这东方之天穹，那晨曦拉开了天幕的一角，朝霞正洒满了滩涂，蜿蜒的海岸，像一条彩带萦绕着，泛着精亮的波纹；更像一块块丰收的梯田，等待开镰收割的滚滚麦浪。四周晨雾渺渺，广袤的海滩宛若情窦初开的少女，把平坦、光滑、湿润、柔软的前胸袒露出来，让人们面对无瑕的玉璧，尽情地涂抹幸福和爱情；让人们站在处女地上，收获神圣和纯洁。

霞光渐渐升起，整个江面染成了粉红色。广阔无垠的天空、气势磅礴的江海，霞光、蓝海合成一线，朝霞绚烂，彩云缤纷，分不清界限，看不清轮廓，只感到一种柔和明快的美。四周静极了，一切仿佛凝固了，连鸟儿、飞虫也屏住了呼吸，为眼前这柔美的霞光所吸引并迷恋。

东方开始发亮，一片片悠游的云朵继续变幻着各自的姿态，阳光在背后迸射出各种绚丽的光彩，云儿也被涂上了鲜艳的颜色。远处的海平面上开始呈现出各种各样的蓝色，有深蓝、海蓝、灰蓝，深浅不一，这碧空、白云、近滩水面，色块之多，让人惊叹。紧接着，云彩从粉红色变幻成玫瑰红，渐成橘红色，旋即又变成鲜红色,最后成为绚烂夺目的金色。顿时,眼前一亮,朝霞撒播水波,像巨大的孔雀开屏,这尾羽在水面上闪动,掀起千波万浪,宛如一座海市蜃楼,缥缈水灵,令人如痴如醉,恍若梦中。

晨雾逐渐散开,太阳一半淹没于波涛滚滚的江水中,一半撒浮于五彩缤纷的云带上,红透了半江水面。勃勃生机的一轮红日冉冉升起,神秘的面纱缓缓被褪去,金黄色的滩涂渐渐地展现在人们的面前,似有一种超凡脱俗的美。

凝望这喷薄而出的红日,人们仿佛被巨大的力量托起、升腾、浮动。初升的太阳是那么地圆,那么地红,那么地大,仿佛从水中鱼跃而出。瞬间,红日从半圆变成了重叠的两个猩红的圆火球,散发出万丈的辉煌,把天际燃红,在辽阔无垠的天空和茫茫无际的水面上霞光四射,祥云满天,与水上粼粼金波,点点帆影相映生辉,静止的画面里有了动感,晨光霞色,渐次弥漫,金色的滩涂,摇曳的芦苇,翻涌的江涛,飞翔的鸥鹭,一艘艘来来往往的船只⋯⋯诸般胜景,勾勒出一种梦幻般的仙境。

天亮了,江变宽了,地变阔了,树木醒了,花朵开了,鸟儿叫了,世界充满了新生的活力。远处,海水与江水交界,海水蓝、江水黄,形成水系分涛的壮观。滩涂上捕鱼的人,撑开渔网,弯腰、抖动、提起,忙碌的情景在一片光影里移动;远处传来隐约悠悠的渔歌声,隆隆的机鸣声,鸟儿的欢叫声,哗哗的浪涛声,卷着芦苇的"沙沙"声,和着人们的欢笑声,交织成优美、动听、雄健的旋律,构成一幅自然天成的画卷,这一切宛如浪漫情怀拥抱的世外桃源。

优美的地理环境,优良的自然资源,给瀛东生态村创造了优越繁荣的基因。1985年,现在瀛东村的地方还是一片荒滩,潮来一片白茫茫,潮退遍地芦苇荡。开拓者长年辛劳,人均年收入不足200元。面对贫穷落后,带头人陆文忠带领村民屯垦拓荒,靠着一根扁担,一把铁锹,一缸咸菜,来到东海边,他们割芦苇,搭洞舍,堆泥灶,甩膀子,围海造田。300多个日日夜夜的奋战,一条长达1 700米的大堤终于筑成,600亩荒滩围垦成良田。1987年,他们第二次向荒滩进军,获得了2 000亩土地。到1989年,岛上这片荒滩终于诞生了一个以"瀛东"命名的村庄。以后他们又数次向荒滩进军,围垦滩涂土地4 000亩。经30年的艰苦创业,使茫茫荒滩上崛起的一个海边小村,一跃而成为绿荫环绕,鱼塘密布,环境优美,民风淳朴,村民生活富裕的现代化江边乡村。

改革开放后,瀛东村因地制宜,在发展集体经济思想的指导下,以"水"为乐,以"渔"为趣,打造成为集观光旅游、体验渔家生活乐趣、品味美味佳肴为一体的度假乡村。如今规划齐整的别墅,与鱼塘碧波和绿树鲜花相辉映,洁净的水土空气,丰富有趣的垂钓捕蟹等活动,使来往游客能住得安心、吃得放心、玩得开心。

"朝上海堤观日出,夕下芦荡捉螃蜞。"难能可贵的是,瀛东村如今还保存着20世纪五六十年代淳朴原味的农舍,当年的生产生活用具,如石臼、布机、脚踏水车、牛车等依然在目……羊群在土坡上悠闲自在地吃草,候鸟在海边嬉戏起伏,人们在这里能感受到大自然的动态山水美。

如今,瀛东村已建设成了"全国农业旅游示范点""全国美丽宜居村庄""中国特色农庄""全国创建精神文明村镇先进单位""全国文明村",成为上海市政府设立的"爱国主义教育基地和青少年科普教育基地",它以诱人的原生态的景观成为人们养心、修身、休闲的乐园。

惊人的毅力,培植了不屈的瀛东精神。瀛东村,这块远离喧嚣都市的沃土,在世人面前展示出一幅迷人的画卷和一道独特的风景。

朝霞映红了瀛东村,村民干红了瀛东村,瀛东村真红啊!

走进冬日的三亚

　　初冬，来到海南三亚。当离开上海时，正遇上连日冬雨后的一股寒流，气温已降至 5 度，经过三个小时的飞机航行，来到三亚时，却是烈日炎炎，气温高达 30 度，如在夏天，不过气候要比上海的夏天凉爽得多。从凤凰国际机场坐车穿梭在三亚城乡间，如同行进在大花园。这里植被丰富，满目苍翠，绿荫如盖，繁花似锦；这里树种多样，高大挺拔，层次分明。吹着海风，顿觉凉意袭身，清幽麻爽。欣赏着旖旎的自然风光，感到格外舒适惬意，让人魂牵梦萦。

　　我们入住的鸿州国际游艇酒店紧靠三亚市扬帆游船游艇码头，成排成排的游艇、帆船停泊在港内，一眼望去，像极了风帆的森林，在明媚的阳光照射下显得十分耀眼。来到海边，站在柔软的沙滩上，极目远眺，蓝天碧海，云淡风轻，浩瀚无垠，海鸥翔集，浪花滚滚。金色的沙滩，细腻、宽阔、平坦，成群的飞鸟珍禽在此乐以忘忧，翔集嬉戏，它们或悠闲地徜徉在沙滩，或伫立在水中，或在海面飞舞觅食,恍若一幅巨大的风光画,带来勃勃生机。沙细如面,柔软如棉,置身其间,有如踏雪履棉。面迎海风,恰似沐浴清泉,呼吸里全是满满的氧气。极目洋面,犹如置身天涯,阳光照在洋面上,碧蓝的海水,闪烁着碎金似的光彩。缤纷的海滩总能给人们多彩的选择。身穿五颜六色泳装的男男女女,如织如缕,像似在海滩上涌动的彩带,在那一眼望不到边的沙滩上尽情地享受日光浴、海水浴、沙滩浴的浪漫情趣,欢声笑语洒满沙滩的每一个角落。

三亚地处海南岛最南端,面积 3 500 平方公里,全市人口 55万。自改革开放以来,这里从一个极不起眼的小渔村打造成为如今已是世界闻名的旅游城市。三亚的美,美在天然,美在自然。这里阳光、海水、沙滩、气候、森林、动物、温泉、岩洞、田园、风情,处处皆是美景。最秀丽、最有灵气、最生动别致的是穿城过乡的三亚河和临春河,处处可见碧水欢波,宛如绿色飘带,轻舞飞扬。宽阔的河面,翠绿的河岸组合成一幅美轮美奂的山水画,恢宏气势延展开来,让人油然产生一股热流胸中涌动。上天恩赐了三亚独特的风景资源,仿佛世外桃源,散发着迷人的气息。

三亚的植物丰富,树木茂密,种类繁多,一年四季,绿树成荫,鲜花盛开。其中,最为普遍的是遍及这座美丽滨海城市的酸豆树、椰子树和三角梅,随处可见,比比皆是,并赢得了三亚市民的喜爱,被评为三亚市市树市花。酸豆树为国家二级保护植物,树形优美,树体高大,雄伟壮阔,婆娑多姿,枝叶浓密,四季常绿,耐旱、抗风能力强,最高寿命可达五百年以上,易种易管,是理想的观赏乔木和优良的绿化树种。椰子树,枝叶犹如超大号的绿羽毛,洋气地散开,一串串椰果簇拥着挂在枝头,随海风摇曳。其优美的身姿,挺拔的枝干,蓬勃的枝叶,饱满的果实,这个椰岛的精灵尽情地向人们展示着不可抗拒的迷人魅力。三角梅更是以那鲜红色、橙黄色、紫红色、乳白色等联袂艳丽的花瓣,密密匝匝,斑斓成彩练。一簇簇姹紫嫣红的苞片绽放,光鲜夺目,似一张张灿烂的笑脸,与随风翩翩摆动的长裙短裙组成一幅诗意般的图画,颇为壮观,给人以奔放、热烈和欢畅的感受。行走在三亚的大街小巷,就好像漫步在树木繁茂的森林公园,在四周丰富的植被包围中,空气格外清新。

夕阳西下,云蒸霞蔚,蔚为壮观的梦幻天空与风情万种的自然景色交相辉映,恰似一幅生动和谐的精美画面,展示在三亚这片神奇大地上,让人心潮澎湃,激动不已。夜幕降临,海风渐凉,海滩夜市拉开了帷幕,纷纷登场,一派繁华热闹景象。吃夜宵的餐桌一张挨着一张,在阵阵海风的吹拂下,海鲜、土菜飘香四溢。大家在满天星星和悠扬的乐曲,动听的歌声陪伴下,边吃边聊,观海听涛,又说又笑,感受淳朴善良的海岛民风,场面热闹而温馨。

三亚,中国唯一热带城市,年平均气温25.8度,气候宜人,"空气维生素"负氧离子为内陆的数百倍,而走进冬日的三亚,真是赏了目,爽了身,悦了心……

红学之旅大观园

上海大观园位于青浦最西端的淀山湖畔,占地面积 2 000 多亩,是一座根据《红楼梦》而建的大型园林。自 1984 年建成开放以来,被评为上海 40 周年十佳建筑、十佳休闲新景点、上海十大旅游特色园林。

大观园设计精湛,建筑宏伟,亭台楼阁,精雕细镂,古木翠竹,相衬成趣,兼具皇家园林气派和江南园林秀丽风格。

这里的"大观楼""潇湘馆""怡红院""稻香村"等,或华丽,或朴拙,或清幽,或淡雅,处处体现了曹雪芹在《红楼梦》中所描绘的风韵和意境。

这里的家具、陈设乃至匾额楹联,一草一木,均根据《红楼梦》中描写的故事情节和人物关系,设计安排了多达 100 多幢宋明清时期式样的仿古建筑,有的豪华富贵,有的端庄古朴,有的器具属罕见的珍品古物。那些在门框、门檐、门槛和窗棂、窗花上惟妙惟俏的各种装饰,都是当年从全国各地招来的能工巧匠,用手工制作的雕刻精品。一些"老货"的家具,年代可追溯到宋代末期,明代初期,清代数量最多。这里物件之多,物件之精,可谓是我国古代家具的博物馆。

走进大观园,则见"崇阁巍峨,层楼高起,四面琳宫合抱,迢迢复道萦行。青松指檐,玉兰绕砌,金辉兽面,彩焕螭头"。这里的整个建筑飞光流彩,金碧辉煌,一派帝王邸宅的气势。大观楼东南,便是林黛玉居住的"潇湘馆",从月洞门入,沿曲折游廊,经六角亭,便可看见黛玉所挂的鹦鹉架,跨过溪水上的水桥,可来到"有凤来仪"主厅。薛宝钗的"蘅芜院",另是一番情致,院内一株株花儿,迎面太湖石,"鱼儿"在池中安逸地喷水,真可谓"蘅芜满净苑,萝藤助芬芳"了。

跨进镂有"怡红快绿"匾额的"怡红院"院门,只见深宅重院,富贵典雅。绛芸轩前,植着芭蕉和海棠。中间过厅,东西两屋,以碧纱橱和博古架相隔。岸边芦苇摇动,远处天水一色,置身其间,无不让人迷醉。

大观园四周,还有民族文化村、梅园、青云塔、桂花苑等,有游艇、手划船、竹筏、激光手枪、射箭、古装摄影等娱乐设施和大观园度假村,丰富多彩的旅游项目供游人休闲度假。

漫步上海大观园,一步一风景,一处一特色,生动有趣地呈现在游客面前,有着说不完、道不尽的多彩色调。

大美橘园等你来

　　被誉为"绿色翡翠"的长兴岛,镶嵌在万里长江的入海口,地势平坦,土地肥沃,阳光充足,气候湿润,空气纯洁,独特的地域优势,使这里的农作物自然生长良好。

　　长兴岛是有名的"柑橘之乡"。长兴岛橘园,位于长兴岛中部的前卫农场,占地451.67公顷,现已成为全国最大的柑橘生产基地之一,也是华东地区柑橘生产的示范和科研基地,上海最大的"绿色商品"生产基地。岛上种植柑橘的种类繁多,有宫川、新淖、尾张、满头红、蜜橘,还有甜橙和芦柑等。

　　生长在岛上的"前卫蜜橘"得天独厚,啜吸日月之甘露,汲取天地之精华而生,外观鲜艳光洁,皮薄无核,汁多味甜,已经成为长兴岛的一张亮丽名片,为长兴岛的经济发展带来了商机,深受上海市民青睐。走进橘园内,这里的假山、长廊,盆景园、蒙古村、跑马场、海螺馆、迎宾馆各具特色,颇为诱人。垂珠园位于长兴岛先丰村,具有江南古典园林的特色,园内果园占地1 000亩,大多为柑橘,是秋季赏橘、采橘的绝好去处。游客来这里,既可以享受橘园赏橘和采橘的独特乐趣,又能芦荡泛舟,在沙滩上拾贝壳,寻螃蟹,或去江边欣赏"落霞与孤鹜齐飞,秋水共长天一色"的绝妙美景。

柑橘树四季常绿,到了春天,在春风的吹拂下,橘园里,一树树的繁花紧锣密鼓地开着,飘香四溢。一眼望去,大片的橘园,嫩绿油亮的叶子层层叠叠,楚楚动人,翠绿中那一簇簇冰清玉洁的橘花,密密麻麻,团团地围在一起,缀满枝头。每到此时,来到长兴岛目睹这千树万树橘花开的美景,让人油然产生一种温柔之情。若是晴朗的夜晚,繁星满天,明月当空,行走在橘园中,闻着橘花散发出的诱人清香,让人有如梦似幻之感。如走进春雨中的橘园,那绵绵细雨如一层轻纱,将缥缈朦胧的橘树渲染得淋漓尽致,像极了着蓝印花布的村妇,淡雅、纯朴、贤惠、有礼。

到了初夏,满树的橘花转眼就凋落了,在夏风里像下着一场橘花雨,徜徉其间,抬头缤纷,低头落英,清气袭来,芳香扑鼻。蓦然间,橘树枝头的绿叶间长出了许多又青又小的颗粒,晨曦中沾着露珠,绿宝石似的,晶莹发亮。它们静静地长大,从开始的黄豆粒大,没过几天就长到了小青枣大,再有几场夏雨后,转眼间,在蛙鸣蝉唱,美妙的田园交响曲的伴奏声中,便长到了如乒乓球大小了,一只只挤满枝头,如天上繁星,密集、娇艳、丰腴芬芳,惹人喜爱。

秋天的橘园是最美丽的,清晨橘园与农家炊烟一同醒来,鸡鸣狗吠,鸟语啁啾,轻柔清爽的晨风一遍遍在橘园里回旋,一轮红日从东海冉冉升起，亮晶晶的露珠挂满树梢，给橘园增添了一份清新的气息。夕阳西下，落日余晖，鸥鸟飞翔，大地一片金黄，红灯笼似的柑橘在绿树丛中闪烁着诱人的金光，无论谁只要置身其间，都不可能不心旷神怡。

每到中秋、国庆佳节，长兴岛橘园迎来成群结队的游客，赏橘、采橘、品橘，享受大自然的旖旎风光和休闲乐趣的农家风情。美哉，长兴岛橘园！这里是一幅浑然天成的画卷，快来到画中，做画中的美景，长兴岛人在等你，等你入画来！

漫步徐汇滨江园

　　初秋一天，兴致勃勃地来到徐汇滨江，刚踏进这片土地，映入眼帘的是江边水上木栈道。那是一条伸向黄浦江心的岔形码头，它是由华东民航油料库、上海电力燃料公司、金山石化中转站，经过改扩建修成的亲水平台。行走在杂木铺就的赭色栈道，只见蓝色的天空、灿烂的阳光、清澈的江水，与精美靓丽的亭台和宽畅整洁的道路，交织成一幅壮美的画卷。

　　当步行至滨江绿地中北段顺着台阶而下便是"下沉式花园"，这里疏朗开阔，简洁明快，玉兰、香樟、银杏、桃树、梨树、樱花、桂花、含笑等树木，枝繁叶茂，郁郁葱葱，绿荫如盖，鸟语花香，生机盎然。尤其是那数万平方米蓝紫色二月兰，在路两旁、森林中、溪水边迎风摇曳，犹如一条流动的蓝色飘带。漫步其间，阵阵凉风从江面上吹来，枝舞叶动，精神抖擞，别有情趣，有平步青云之感，令人心旷神怡，流连忘返。

　　站在绿地主建筑的下层步道上，放眼眺望，东方明珠塔、金茂大厦、环球金融中心、上海中心等高耸林立的楼宇群与卢浦大桥遥相呼应,颇为壮观,尽收眼底。碧空下,黄浦江面上,船只穿梭,不时有鸥鸟飞过,三三两两,有时三五成群,它们时而在水中悠闲嬉戏,时而翩翩起舞,在江面上自由飞翔,恰似一幅天然山水画卷铺展延伸到视野尽头,我为这般诗意的建筑和美轮美奂的景物而欣慰。

一路沿江而行,移步换景目不暇接。由原上港六区北票码头煤炭传输带改建装修而成的 420 米长"廊桥",是滨江最壮观景点。这里旧时为著名的工业集聚地,改造后的滨江将一些著名的工业历史遗留保存下来,如南浦火车花园的老式蒸汽火车、水泥厂预均库、北票码头塔吊等。港区拆迁后留下两台经过翻修的码头塔吊,巍然耸立于"廊桥"南北两头,仿佛是历史见证人,诉说这里的前世今生。

闲庭信步,游走飘逸,顺道继续前行,便是龙腾大道北段尽头"风力发电区"。它和延伸的枫林路、新建的瑞宁路形成交汇。在 20 世纪三四十年代,这个地块是上海老城厢的东、西、中"三家里"农田,通往上海老城厢的客运铁路从这里穿越而过。后来的船厂路及铁路两旁,渐渐地成为厂地、堆场、仓库、港区和居民棚户区等其他建筑物拥挤地,被当地群众称为"烂泥湾"。如今,棚户区已消失,厂地、仓库成为历史,这里已是集人文历史和时尚底蕴于一身的黄浦江壮丽景色的滨水景观大道,并预留有轨电车轨道,设计休闲自行车道、休闲步道及亲水平台等多重休闲空间,让市民能够在闲暇之余与黄浦江零距离接触,呼吸新鲜的城市气息。

　　边走边听陪同我们参观的滨江管委会的人介绍,抗战期间,上海沦陷,这里曾是日本侵略军关押中国战俘俘虏营所在地。滨江绿地动迁时,俘虏营颓垣断壁遗迹尚存。这是日本侵略者肆无忌惮虐杀中国战俘和老百姓的铁证。

　　徐汇滨江,这条有着8.4公里长的浦西岸线,与世博园区隔江相望,这里深藏着上海百年历史长河中的一处处景物,俯拾春秋,阅尽沧桑,皆具天地间的自然天成之美。身临其境,不仅放松了身心,更是享受了富有活力的秀丽风景。倘若一名画家或摄影师想要画出或拍摄出一幅绝美的佳作,首先应取决于好的景物,那么,徐汇滨江不失为一处绝好的取景之处。

　　展望未来,徐汇滨江,不仅是上海人民的骄傲,更是镶嵌在黄浦江畔一道别样的江滩风情。在新一轮发展中,有关方面将以它独特的魅力,延承历史经典,保留"老上海元素",并以现代城市水岸景观营造为核心,将黄浦江的辉煌历史与徐汇区的璀璨未来完美融合,引领上海这座国际大都市的人文时尚潮流。

　　当参观完滨江踏上归途时,已是夕阳西下。坐在车上回头望去,只见茫茫天际放射出道道红彤彤的霞光,此时,黄浦江面上闪耀着金色的粼光,徐汇滨江涂上了一层橘红色,绿地变成了金黄色的绸带,呈现出神秘蒙眬,临空缥缈,异彩纷呈的美感。这壮观的景象,给人以梦幻之感!

冬日桂林公园行

　　冬日的一天,乘坐地铁 12 号线,从北外滩出发,仅用 30 分钟便到达桂林公园站。来到公园,尽管马路上的树已剩下枝干,但园内却是另一番景象,这里依然是绿意盎然,葱葱郁郁,生机勃勃,一大片蜡梅在寒意中昂首怒放,薄薄的花瓣如蜡一样娇艳透明,空气中弥漫着清新的香气,沁人心脾。漫步其间,环境整洁,风景宜人,神清气爽,享受着冬日里别样的韵味。

　　桂林公园位于桂林路 128 号,始建于 1929 年,占地面积 3.55 万平方米,原系上海黑社会大佬黄金荣私人别墅,又名黄家花园,出资 350 万银元,1932 年竣工。1937 年"八一三"事变后,上海沦陷,园内关帝庙、内宅、静观庐等建筑被日军毁坏,大批树木遭损。抗战胜利后,黄曾作修葺,新中国成立前夕,又遭国民党军队的严重破坏。1957 年由上海市园林管理处管理,并进行全面修复,因园内遍植桂花树,故易名为桂林公园。

　　公园内树木茂密,树种繁多,有牡丹、含笑、松、柏、蜡梅、白玉兰、香桂、女贞等树木共4 000多株。这里成片成林的桂花树,枝杆粗壮高大,枝叶茂密遮天,享有"桂树之林"之称。种植在四教厅东南角的那两株百年瓜子黄杨,造型美观,树干粗如碗口,苍劲魁梧,生机盎然,婀娜多姿,实属罕见。还有在八仙台前那株百年五针松,高耸挺拔,主杆粗壮,枝蔓和密密的松针在空中伸展着,形如华盖,一片苍翠,端庄尊贵。还有那几棵榆树、香樟树和玉兰树,更是铁杆嶙峋,枝杈遒劲,横空逸出,高高挺立。风轻轻吹过,偶尔传来鸟鸣,树下围着几位打牌的老者,又说又笑,其乐融融。

桂林公园造园艺术采用江南古典传统布景技法,布局精巧别致,园内龙墙、花墙回绕,小桥流水,叠山立峰,楼台掩映,亭榭参差,曲径通幽,花木葱茂。这里的哈哈亭、凌云亭、松月亭、颐亭、八仙台、观音阁、四教厅、迎宾厅、桂花厅、飞香厅、九曲长廊、拱桥等建筑物在清池小轩、苍松翠柏掩映下,构成完美统一的艺术建筑群。园中"四教厅"右边的六角亭上刻有蒋介石特意为黄金荣手书的"文行忠信"四个字。全园遍植金桂、银桂、丹桂、四季桂、石山桂等20多个品种共1 000余株,每逢中秋佳节,桂花盛开,满园飘香,沁人肺腑。

走进冬日的桂林公园,在这繁华喧闹、车流人潮和各式店招鲜艳夺目的反衬下,显得格外的自然、清新、古朴、规整、安详和静谧。

崇明金鳌山掠影

　　崇明有山,谓之金鳌,此山坐落在崇明区城东约 2 公里处,依城而筑,直视长江,水天相含,气度不凡。拾级而上,步道蜿蜒,一步一景,绿树繁茂,翠竹杆挺,色彩斑斓,鸟语花香,空气清新。山有九峰,下凿莲池,池中有岛,岛上建亭,绿水萦绕,清雅幽静,诚有超然脱俗之感。

　　金鳌山早在宋、元时系人工所筑的一个形似巨鳌的土丘作为航海之标识。康熙七年(1668)重筑,峰上建藏经处,山前凿池,山后植紫竹林。关于此山,民间还流传着一个动人的故事。相传清雍正十一年(1733),崇明人沈文镐参加殿试,中了探花,因一时兴起,便脱口而出,对皇帝禀道:"微臣虽僻处小岛,但崇明面临东海,背靠长江;东有佘山捍卫海疆,西有狼山作为屏障;岛上还有金鳌山,山明水秀,确是个绝妙之处。"事后沈方醒悟,知已闯下大祸,因崇明当时实无山。为避欺君之罪,沈匆匆赶回崇明,发动当地百姓在一座形似巨鳌的土丘上挑土造景,遂垒成此山。

清乾隆四十一年(1777)知县范国泰有感于此处人杰地灵,于是发动城内商贾缙绅捐资重修,在原址上增设桥、亭、台、楼、榭、月圃诸胜。彼时园内已有得月楼、水香榭、大有亭、宁德亭、清凉洞等观景,一时引来骚人墨客,吟诗作对,激扬文字,留下了"鳌山有寺千秋画,江水无弦万古琴""寺内清山山外月,檐前绿水水中天"等佳句。

光绪十九年(1893),山上的藏经处改为镇海塔,塔高 16 米。意为镇海平潮,防坍保岛。每逢重阳佳节,游人结伴登高会友,欣赏四方怡人风景。

明嘉靖三十三年(1554)崇明知县唐一岑(字惟高,广西临桂县人)率军民英勇抵抗犯崇倭寇而献身,明皇帝敕其"光禄寺丞"。为祭祀唐一岑,于民国二十五年五月(1936)在鳌山桂树旁建纪念碑。昔日"金秋尝桂"为鳌山八景之一,今称"庭荫丛桂"。

金鳌山不仅有着厚实的人文积淀,也有美不胜收的自然景观。山中有八景,即:鳌峰远眺、绿水环亭、长堤新柳、清远荷香、庭荫丛桂、梅林积雪、后乐观鱼、古刹钟声。乾隆时,崇明知县范国泰曾作"金鳌山八景"诗,现刻碑还保存在寿安寺大殿四壁。现"金鳌山"园名为全国人大常委会原副委员长周谷城题写。

金鳌山,小巧玲珑,典雅别致,动静相宜,风光旖旎,温婉烂漫,独领风骚。春日的午后,风和日丽,漫步在松杉灌木、幽花野草掩映的山路上,目及之处,满眼的绿,满眼的景,满眼的美,充满生机。尤其在清凉洞旁的那棵桧柏,迄今已有 350 年树龄,树干粗壮,遮天蔽日,像个卫士守护着山林,置身其间,你会感到庄严肃穆的气氛。登峰远眺,蓝天碧空,白云悠悠,江水奔流,波光闪闪,舟楫点点,鸥鸟飞翔,意境深幽,令人心旷神怡。此时,那一墙之隔的寿安寺里,隐约传来木鱼声和诵经念佛声,梵音飘荡,香火燎旺,袅袅娜娜飘忽在公园上空,环绕在镇海塔四周,久久不愿散去。

金鳌山,承载着说不完的沧桑历史,流传着道不尽的人文故事。饱经沧海桑田,度过兴废频仍,遭受风吹浪打,连同她的美名,秀丽质朴,依然屹立,盛誉不衰,千古传颂。金鳌山,是一座集历史、自然、人文、生态的有血有肉有情的山,更是一座充满神奇色彩和富有灵气的山,她洋溢出一派古朴宁静又生机盎然的万千风情,她象征着崇明人的善良、朴实、智慧、勤奋。

春雾中沙溪古镇

　　四月的春风吹绿了水草,吹醒了小溪,更是吹开了百花争艳。这天,我们一行在雾气袅袅的早晨从沙家浜出发大约近 50 分钟便到了太仓沙溪古镇。放眼四周,古镇景色尽收眼帘,美不胜收,仿佛置身诗情画意的人间仙境。

　　沙溪,位于太仓,又名印溪、团溪。唐代已形成村落,佛教寺庙兴起;元代自涂松西迁,形成市集;明代商运通达,成为商贸重镇;清代近代工业起步,新式教育推行,沙溪展现一片开风气之先的新气象。2005 年,被国家建设部、文物局命名为中国历史文化名镇,又先后荣获"苏州市十大魅力旅游乡镇""全国民间艺术(舞蹈)之乡"等美誉。

　　沙溪,是一个有着 1 300 多年悠久历史,民风淳朴的古镇,是一幅被飞速发展的时代无意间遗落下来的历史画卷,是一个令现代人流连的世外桃源。走进沙溪古镇,一股自然恬静的清风扑面而来,这里保存着大量历史文化遗产,大片独具特色的明清临水

建筑和漫长的古街,幽深古老的小巷和古朴雄浑的古桥以及历史
文化名人故居。

　　沙溪老七浦塘两岸的古宅民居,错落有致,鳞次栉比,绵延
1.5 公里。两岸临水建筑,宋代遗风、明清痕迹,依稀可辨。尤其
架在小溪上,用青色条石砌成的一座座石拱桥,玲珑剔透,古朴典
雅,远远望去,好像半个月亮,静静地浮在蓝幽幽的水面上,颇有
"茫茫水中浸月"之意境。漫步巷道,青石铺路,青砖砌墙,灰瓦盖
顶,眼下正是春雨时节,青草勃发,清香草气,四处弥漫。那窄窄
的木制楼梯,冰花裂纹的楼兰,精致古雅的雕花木刻,无一不在述
说着老街的故事。细品这些具有时代印记的古今建筑,以及居住
在这里的人那安详自在、恬静怡然的生活节奏,不得不让人神往
沙溪古镇诗情画意的美景。

　　悠悠历史,人文荟萃,我国杰出的舞蹈大师吴晓邦诞生在这
里,他将舞蹈与生活巧妙地融为一体,成为中国新舞蹈艺术的开
创者之一。这里的文史馆展示了自沙溪聚沙成陆 3 000 年以来
的历史;雕花厅内梁上的木雕工艺精湛,形态优美,栩栩如生,堪
称一绝;江南民间现代诗歌馆内诗歌气息浓郁。沙溪自古为诗文
之地,古有文徵明作沙溪十咏,今天"梅村诗社"在诗歌馆内,承吟
着娄东诗派的浪漫,彰显沙溪古镇的文化底蕴。

　　那古镇老街上的补锅匠、修鞋匠、黄包车……一组组生动有
趣、形态逼真的雕塑,恍若时光倒流,那其乐融融的情景,勾起了
人们对旧时的回忆。

　　离开古镇,雾未散尽,回头望去,那明净的河水,像清澈的眸

子,那环水而林立的水杉和柳树,就像是浓密的睫毛。车渐行渐远,再回首,千年古镇新旧交替。那炊烟四起的村落与河两岸在风中摇曳飘拂的古树共为一色,风姿绰约,苍劲伟岸,青春焕发,洋溢出一派古朴宁静又生机盎然的万千风情。

春雾中的沙溪古镇,其景其情,恍惚梦境,美哉至极,久久地沉浸在我的脑海中……

春风吹醉沙家浜

沙家浜虽然紧挨上海,但它的名字过去是不大知道的,只是有了《芦荡火种》《沙家浜》等沪剧、京剧之后沙家浜才传唱千家万户,沙家浜和伤病员的故事传遍大江南北。这次沙家浜之行,可谓是既饱眼福,又饱耳福和口福,更让我真正了解了它。

农历三月,阳光明媚,春暖花开,气候适宜,正是踏青好时节。我初次来到沙家浜,当大巴停靠在景区停车场后,沿着湖岸,走在景区的路上,举目望去,只见茫茫湖面上一层层水雾慢慢升起,似农家炊烟云雾飘逸,又如山水图画,步随景移,蔚为壮观,惊叹声与赞美声络绎不绝;远处,丛丛芦苇随风舞动着,涌起阵阵绿色涟漪。三五成群的水禽展翅戏水声和不时从岸边林间传来的鸟鸣声,组成了自然交响曲,是那么的悦耳动听,令人如痴如醉。

临近中午时分,春风吹散了晨雾,顿时,碧空如洗,春光灿烂,暖阳从天空直直地照射下来,给沙家浜镀上了一抹亮丽的色彩,阳光和风的魅力,让芦苇荡刹那间流光溢彩,光华四射。其间,一群群踏访的学生和幼儿园的孩子们,排着队,头戴五颜六色的遮阳帽,绽放着银铃般的欢声笑语,使沙家浜更加妩媚动人。

徜徉在沙家浜,一路都是原生态的自然美景,芦苇茂密,杂树错落,野趣横生,充满生机,星星点点的野草点缀其间,一些不知名的盛开的野花在枝头招摇,送来阵阵芬芳,活泼的鸟儿在芦苇丛中若隐若现,怡然自得。置身其间,尽情享受着大自然所赐予的雄浑而强烈的视觉盛宴,令人赏心悦目,仿佛置身于天然氧吧,神清气爽。

此时,耳边传来耳熟能详的京剧《沙家浜》中《智斗》选段,据导游介绍,这里的芦苇剧场将要进行一场大型实景剧《芦荡烽火》的演出。我们便在导游的引导下,进场观看。该剧根据沙家浜革命斗争史实,采取演员表演与高科技手法相结合,真实地再现了当年发生在沙家浜芦荡里的战斗场景,以及当地民众与日寇、汪伪之间斗智斗勇的英雄气概和报国情怀,具有强烈的视觉冲击力和感染力,给观众带来激情燃烧红色岁月的回忆。置身其间,仿佛看到76年前的情景:新四军东进抗日,西撤时在阳澄湖留下了一批伤病员,他们在地下党组织的领导下,在当地人民群众的掩护下,置身芦苇荡中养伤,痊愈后,发展成为一支人民武装。那充满激情的唱词,"要学那泰山顶上一青松,挺然屹立傲苍穹。八千里风暴吹不倒,九千个雷霆也难轰……俺十八个伤病员,要成为十八棵青松!"让听者心潮澎湃,不能自已。

随后,我们还游览了沙家浜古镇老街。这里保留着当年忠义救国军司令部和阿庆嫂茶馆的旧址,以及各种商铺门店等,给人一种历史沧桑感。漫步在沙家浜古镇老街,只见身边河道交叉,桥梁密布,一排排粉墙黛瓦,飞檐参差,曲曲折折窄窄的石板幽巷深处的古民居鳞次栉比,贴水成街,枕河而眠,到处都散发出浓郁的民俗风情和动人的"小桥、流水、人家"的水乡风韵。登上古楼阁,举目环望,则可一览沙家浜壮阔全景,别有情怀,仿佛置身世外桃源。

悠游沙家浜,两岸树木蓊郁,绿柳繁华,芦苇连绵。湖中碧波荡漾,游船穿梭,水鸟飞翔,春风拂面,清新宜人,游人们融入这份宁静和谐中感慨着,享受着,一个个便成了美景中的美景……

漫步在瀛洲公园

　　崇明岛除了自然生态景区外，还有众多人文经典园林，其中瀛洲公园可谓是最具经典的园林。

　　瀛洲公园位于城桥镇鳌山路，南濒长江。这是一个由建筑小品、楼台亭阁、山水花木组合而成，集观光、览胜、旅游、休闲为一体的格调清新，典雅别致的园林式公园。

　　进入公园，首先映入眼帘的是庄重朴实的公园门廊，门廊上方由我国著名历史学家周谷城先生题写的"瀛洲公园"四个大字金光灿灿。踏入园内，迎面便是黑松山，既自成一景，又起障景作用。沿山左右两侧各建有林荫道，旁植香樟、龙柏、松柏、黄杨球，在这深深浅浅的绿色中，还不时穿插着一些不知名的花和草，有红的、紫的、黄的，艳丽夺目，多姿多彩，像极了一幅精美的油画。

　　近山处群植广玉兰，东西坡道分植夹竹桃，栀子花。山北坡散点黄石，南坡筑有太湖石砌就的人工假山，山上有泉水、小桥，下有山洞，小瀑布，水流经小溪汇入星湖，但见鱼儿在溪口欢快游弋。这里为最佳观鱼处,建有观鱼揽胜厅,砖木结构,小青瓦顶,翘角,古朴典雅。

东北丛植玉兰,栀子花。沿着人行道来到这里,便是全园的中心位置,放眼望去,星湖及湖中星岛,尽收眼底,湖水中倒映着整个建筑群,与观鱼揽胜厅隔湖相望处建有临波亭,亭为砖木结构,六角翘檐,挺拔俊秀,青瓦结顶,正反相扣,排列整齐。东南有座石拱桥横跨于湖上,上有周谷城先生手书"破浪桥"三字,十分醒目,尽显悠久历史经典园林的气派。

来到园东北角的沧浪亭,这里是全园的最高处,也是观景的绝佳处,在这里可俯瞰全园和眺望长江。从沧浪亭往前走去便拾级而上登临被人们称为崇明外滩的长江景观大堤。沿着蔚为壮观的江堤漫步,彩砖步道,林木蓊郁,配置了休闲椅、音响、水玲珑等,人们坐在椅上,可沐浴江风,听浪闻涛,遥望对面的风景,惬意极了。景区东西总长为 1 500 米的大堤两侧安装着古典式的路灯。气势恢宏的九个白色罗马式拱门矗立在大堤中央,高低错落有致。拱门正前的方形基座上竖立着一尊大型花岗石碑,石碑形如崇明岛的地理形状,正面刻有"崇明岛"三个行书大字,背面为"崇明海塘碑记",在春日的暖阳下熠熠闪光,游人们纷纷举起手中相机,拍个不停,即使这样,也无法装下那宝岛胜景。

漫步在江堤上,吹着江风,放眼远眺,滔滔江水一泻千里,气势磅礴,让人的心情随滔滔江水放飞,心旷神怡,感慨万千,思绪久久不能平静。

郊野春风扑面来

　　人间四月芳菲尽,山寺桃花始盛开。迎着春日和煦的暖阳,我们一行来到景色秀丽的长兴岛郊野公园。只见湖面清水悠悠,碧波荡漾,游船穿梭,银光闪亮;湖边亲水平台及湖中倒映的一幢幢红瓦白墙农舍和绿树、凤竹;湖岸四周茂林修竹,郁郁葱葱,青翠欲滴,红艳的海棠、雪白的樱花、洁白的玉兰花,还有那晶莹剔透的山茶花,色彩绚丽,热情奔放,好一派争奇斗艳的景象。从繁华的都市来到这充满野趣的公园,只觉得阵阵春风扑面而来,犹如置身于春天美丽的图画中,享受着原野的纯朴和热情,诱人悦目,心旷神怡。

　　公园位于长兴岛中部,北临生态水源地青草沙水库,总体规划面积 29.69 平方公里,是上海规划建设的 21 个郊野公园中面积最大的一个,仅目前已对公众开放的一期工程就有 5.56 平方公里,相当于 1.5 个崇明东平国家森林公园,即使乘坐观光游览电瓶车绕园一周也要半个多小时。公园包括森林涵养、橘园风情、农事体验、文化运动和综合服务等五大功能区。

公园是由原前卫农场的基础上建成的,保留 95％农场防风林,并在防风林间别出心裁地开辟了很多林间小道,哪怕是夏天最热时,在遮天蔽日的绿叶林间行走也能感受到丝丝凉意。我们一路走去,合欢树、水杉树、香樟树已然成林,绿茵层叠。"梦幻花海"区域里种植着食用玫瑰"墨红",已是嫩叶吐芯,初露苞蕾,到了 4 月下旬至 10 月下旬的花期就会无所忌惮地争相盛开,那时,整个玫瑰园顷刻间变幻成一片花海,成为园区内一道靓丽的风景;400 亩"百果天地"里,一年四季果香四溢,公园和上海市农科院、上海交大农科院等果蔬研究所合作,精心选种了樱桃、黄桃、草莓、葡萄、凤梨、火龙果、无花果等水果,游客在不同季节均可体验到即采入口,怡然无穷的采摘乐趣。原有农场的大片橘园都被原封不动地保留,种植着柑、桔、柚、橙等 50 多个品种的果树,形成橘园风情区。600 亩"柑橘采摘园"内建有休憩长廊,游客可驻足休憩、品桔赏桔。据导游介绍,今后公园内还将开辟专门的帐篷营地,供游客搭帐篷露营。

在"农事体验区",有一个"农场菜园",有"蔬菜加工和售卖"、"我家菜园"等创意体验项目。"我家菜园"是"农场菜园"的主打项目,每块菜园面积约 50 平方米,认领之后就可享受园方提供的从品种选择、种植、栽培到配送的一条龙服务,在蔬菜生长过程中还可以实时监测自家菜园里蔬菜的生长情况,体验农耕乐趣。

公园内,河道纵横,清溪婉蜒,溪上有依据农历二十四节气建造的"节气拱桥",游客不但可以了解二十四节气的相关知识,还能感受不同节气拱桥带来的别样韵味,如刻画着玉米图案的芒种桥、刻画着麦穗的小满桥……可谓"一桥一特色,桥桥生意境",充分体现了公园文化的内涵。走在桥上古意盎然,桥下涓涓溪流如玉带飘然而过,给公园平添了几分秀丽色彩。清澈透亮的溪水随我们一路欢歌,让人遐思无限。这里的珊瑚馆、奇石馆、古船木馆内展出的各类展品,造型奇特,色彩艳丽,为爱好艺术和追求自然的人群营造一方天地。

"野趣"是公园的重要特色。长兴岛郊野公园是在土地整治基础上,按照土地性质不变、土地权属不变、经营主体不变的原则,将郊野地区生态、生产、生活要素融合打造成生态休闲健身场所。"万米步道"是其文化运动的体现,宛如一条红黑相间的缎带,将郊野公园的景点项目串联起来。走在步道上,绿树成荫、鸟语花香,"花溪湖"碧波荡漾,水光潋滟,春风轻轻吹过,一股自然郊野的韵味扑面而来,真是景随心移,心随景喜。

占地面积约 150 亩的"阳光草坪"是公园的主要景点之一,在这里游客可以感受杉林叠翠,体验林下烧烤。草坪上是见不到"请勿践踏"的牌子的,你可以随意上去走走坐坐,要是愿意,可以在草坪上翻跟斗,或带着你的宠物在草坪上尽情撒欢,野趣盎然。

在综合服务区,游客还能体验到最纯正的农家风味美食。这里有一家"农场食堂",菜肴以江浙沪农家土菜及本帮菜为主打菜品。时令蔬菜来自公园的"农事体验区",鸡、鸭、鹅都是桔园里散养的,鱼虾则来自长江,品味着原汁原味的农家菜,回味绵长,让返朴归真的野趣,在舌尖上跳动。

　　游走在公园,笔者感叹大自然的神奇与伟大,这里的自然生态条件得天独厚,一片片错落有致的田园碧绿苍翠,在春日的暖阳下暗涌着勃勃生机。这里到处是宁静闲适的环境和秀美的自然风光,淡淡的微风在身边萦绕,空气中散发着浓浓的花香,碧波潺潺的溪水送来阵阵清音,野鸟吟唱着动听的山歌,不由得让人心生醉意。

　　踏上公园的北岸,沿着江边游览,阵阵江风轻抚面颊。举目远眺,青草沙水库平静而宽阔,只有微风轻轻吟唱,在水面划出阵阵涟漪。滩涂上绵延无边的芦苇,青枝绿叶,随风飘动,苇波起伏,浩潮广袤,气象万千;万顷碧波的长江,波光粼粼,水天相接,江面上渔帆点点,穿梭往来划出一道道雪白的水痕;一只只鸥鸟自由翱翔,时而在水面嬉戏觅食,时而在空中盘旋,展现着优美的身姿;蓝天白云下长江大桥近在咫尺,气势恢弘;造船基地的塔吊,昂首矗立,与旖旎风光交相辉映,这一切构成了层次分明的巨幅画卷。

　　田园风光,郊野趣味。这里是海岛儿女的骄傲;这里似是镶嵌在祖国山河中一块无瑕美玉;这里更是摄影家和绘画家的天堂,独特的四季景致与丰富多彩的光影,让无数摄者和画者久久驻足,他们用镜头、用画笔,更是用心灵去捕捉那人间极致的美景,展现着上海生态文明建设的生动画卷。

上海迪士尼印象

  2016 年 6 月 16 日,上海迪士尼乐园正式开园。五月末的一天,我有幸游览了试运行的上海迪士尼乐园。

  上午 9 时许,从上海市区出发,换乘两部地铁,大约近一个小时便到达上海迪士尼乐园。经过严格的安检后,走进园区,尽管这里还处在试运营阶段,但却人流如潮,每个景点都排着长长的队伍,据工作人员提醒告知,各景点都要等待一至二个小时才能进场。尽管如此,但整个园区内环境整洁,秩序井然,每个景点都有众多的工作人员热情接待,耐心引导,笑脸相迎。

  说是试运营,但园区内的设施完备,堪称一流,在园区内游览了近三个小时,基本上所有景点都逛一遍,每个景点的服务员维护秩序热情周到,安全措施可靠周全。那天正值六一前夕,小朋友特别多,尤其是供小朋友们游玩的场所,工作人员更是忙而不乱。他们对每一处的设施都要进行认真仔细检查,以确保安全,做到万无一失。娱乐器材开始运转后,还不时地进行安全提醒,耐心地讲解安全事项。

漫步在乐园里，仿佛置身于童话世界，这里绿树成荫，花草幽香，点缀在园区的湖光山水之间，与周围千姿百态、各具特色、美不胜收的或雄浑或婉约或凝重而华丽的中西建筑融为一体，格调清新，错落有致，色彩鲜艳，典雅别致，让人目不暇接。徜徉在古城堡里，数面高大整块的墙面上，金色牡丹闪耀，或雕花镂空，或悬挂巨幅图画，晶莹剔透，大气浑成，精美绝伦，其精妙构思，给人以智慧，催人遐想。

乐园里文化底蕴丰厚，随处可见的雕塑造型逼真，惟妙惟肖，异彩纷呈，妙趣横生，洋溢着浓郁的文化感观。这里的明日世界、奇想花园、米奇大街、梦幻世界、宝藏湾、探险岛和迪士尼小镇等七大景区，50多个景点，还有商店、餐饮、小吃部等50多个，可谓是星罗棋布，步步是景，恍若走进奇妙的人间仙境。这里精美的广场绿地，澄清的湖水，高耸的城堡，别致的景观，相互衬托，相映成趣，形成道道靓丽风景线。

这里到处有穿着米老鼠、唐老鸭、白雪公主、巴比娃娃服饰的模特，摆出各种不同的形态和姿势，吸引众多的游客同他们勾肩搭背地合影留念，其乐融融。这里最引人入胜的是漂流、探险、迷宫、过山车、旋转木马、飞象等项目，景点上挤满了人，气氛热烈，让人流连忘返。

游完乐园后走到大门外，站在喷水池前的草坪平台上四周环望，整个迪士尼乐园尽收眼底，午后阳光明媚映照在蓝色的湖面上，波光溢彩；蓝天白云下的城堡色彩斑斓，洋溢出一派生机盎然的万千风情，好一幅原汁原味迪士尼、别具一格中国风的迷人油画。

嘉兴南湖的感怀

　　2016 年"七一"前夕,我们一行从上海出发来到素有"秀水福地"之称的嘉兴南湖,这里不仅景色优美,而且还与中国共产党诞生的历史密切相连。中共"一大"纪念船就停泊在烟雨楼前东南方向的水面上,这是一艘仿制当年"一大"开会的游船。

　　1921 年 7 月 23 日,中共"一大"在上海法租界贝勒路树德里3 号(后称望志路 106 号,现改兴业路 76 号),李汉俊的哥哥李书城的家里秘密召开。会议进行至第五天,因遭遇法租界密探的突然闯入而骤然停止。后根据李达夫人王会悟(浙江嘉兴人)的提议,转移到嘉兴南湖一条游船上继续举行(系王会悟通过家乡同学的关系事先预雇了这艘游船,并嘱船主将船划至湖中央停泊)。会上,代表们审议、通过了中国共产党的第一个纲领和决议,选举产生了党的领导机构——中央局,庄严宣告中国共产党的正式成立。从此,中国革命的航船正式从这里扬帆起航……驻足柳岸湖边,我仿佛听到代表们那庄严坚定的誓言,看到中国共产党的红色起点,穿过烟雨风云飘来,我的心头充满了遐思和崇敬。

紧接着,我们来到了位于南湖南岸的南湖革命纪念馆,重温红色记忆,感受信仰力量。南湖革命纪念馆建于 2011 年,占地 40.95 亩,建筑面积为 1.96 万平方米。纪念馆运用现代一流的表现手段,充分展示中国共产党所走过的风雨征程。主楼一、二层为"开天辟地"展览,三层为"光辉历程"展览。展览载体从文物原件到艺术布展,从动态剪影到雕塑群体,从复制模型到电子图表,将中共党史生动形象地展现在观众的眼前。展览重点突出了中国共产党创建的整个历史背景和过程,同时又将展览的内容延至当代,较为完整地展示了中国共产党将朝着实现中华民族伟大复兴中国梦的宏伟目标阔步前进的光辉前景,成为爱国主义教育和革命历史教育的重要基地和平台。

参观完纪念船和南湖革命纪念馆,我们沿着湖岸走去,便来到迄今已有一千多年历史的烟雨楼。想当年,清高宗弘历(乾隆皇帝)曾六次下江南,八次到南湖登临烟雨楼,并先后题诗 15 首,盛赞这里的湖光水色和楼台烟雨。历代文人、学士接踵而至,观名楼、赏美景、吟诗作画,给南湖留下了许多动人的画卷和诗篇。至今还保存着一批珍贵的刻石,其中有米芾、苏轼、黄庭坚、苏辙、吴镇、董其昌等名家手迹,以及历代多次修葺烟雨楼留下的碑记。

南湖的地理位置和环境得天独厚。参观期间,我们还游览了南湖沿岸的景区。环湖漫步,阵阵湖风吹来,空气清新,亭台阁楼,古朴典雅,湖间翠莲,花卉清滟,古树名木,苍劲挺拔,湖水照人,碧波荡漾。南湖风采,恰似一幅美不胜收的画卷,散发着古色古香的迷人神韵,活脱脱一个别样的桃花源,令人陶醉。

寻访圣三堂旧址

　　圣三堂,坐落在崇明堡镇彷徨村 7 队,在我老家北约 2 公里处。记得 1960 年,我读小学六年级时,曾邀几位班级里的同学结伴来到这里参观游览。记忆中的圣三堂,屋宇高大、宽敞、明亮,雕梁画栋,工艺精湛,惟妙惟肖。堂前那五只尖尖的屋顶高耸挺拔,每只顶尖上都有十字架,雄伟肃穆,古朴庄重,蔚为壮观。堂后那高大的钟楼,镶嵌着的两只大钟,造型华美,典雅别致,那悠扬的钟声,方圆 20 里之外都能清晰听到,充满宗教的神圣气息。教堂前面有一条东西流向的小河,河水清清,平如镜面,蓝天白云下的圣三堂与河岸边的绿树、芦苇、田园、农舍融为一体,倒映水中,在阳光的照射下,闪烁着粼粼波光,宛如一幅清泓荡漾,诗意盎然,壮美迷人的油画。教堂内绘有圣经故事的青砖浮雕和红、黄、蓝、绿等彩色玻璃门窗,透出和煦的光彩,格外艳丽,光鲜夺目。高高的大堂殿内,精美的马赛克镶嵌壁画在不断变幻的光线照射下千姿百态,扑朔迷离。那通往唱经楼的上下两架螺旋式的木梯,精美别致,引人入胜,拾级而上,令人心醉。堂内还有一座假山,足有二层楼高,气势恢宏。假山中有猴子、松鼠、鸟窝等雕塑,那可爱的形象,鲜活生动,栩栩如生,激情洋溢,吸人眼球。对我们这些没见过世面的农村孩子来说,第一次见到此情景,真是大开眼界,感叹不已。

时隔五十多年,圣三堂的形象仍深深地印在我的脑海中。2016 年 5 月 19 日,我回老家时,特意去了一趟圣三堂,想看看当年那些建筑还在不在。然而,当来到这里时,原先教堂前的那条小河还在,河水清冽透彻,静静地流淌着。教堂已不见了踪影,见到的只是一排低矮的平瓦房静静伫立。还有一堵围墙和大铁门,大门左侧紧靠围墙的水泥柱子上竖挂着不太醒目的,用手写的"崇明圣三堂"的牌匾,大门两侧的柱子上书写着一副对联:全能全知全善一元妙有,圣父圣子圣神三位同尊。这对联既是教徒们一把做人的尺子,又是作为秤杆上的一粒准星,发人深省。靠西侧的柱子上端竖立着"十字架"标识,因那天大门紧锁,无法见到院内真容,透过门栏望去,显得空荡荡,冷清清。只是我记忆中的圣三堂那一份温馨是永远抹不掉的,那一份眷念是永远无法割舍的。

于是,经查找有关资料及通过寻访现任主持——自小生长在与圣三堂一墙之隔的 84 岁的徐凤鸣老人后得知,圣三堂原为天主教崇明总铎区 62 座教堂中最大的中西建筑相结合的教堂,大堂面积有 808 平方米,能容纳 1 000 多人,是神甫座堂(常住),系江南教区崇明拜圣母的地方,周围辖十三所小堂,分布在当时的五滧、合兴地区(现为堡镇、港沿),分别是:天神堂、母心堂、母佑堂、玛第亚堂、老楞佐堂、上智堂、依纳爵堂、味增爵堂、玛窦堂、往见堂、多明悟堂、依微伯尔堂。圣三堂里经常有蓝眼睛、红鼻子的外国人来这里举行宗教活动,进行中西宗教文化交流,场面热烈,气氛融洽。

在寻访中,徐凤鸣老人谈起当年的情景时记忆犹新,如数家珍,满怀深情地说道,那时的圣山堂堂前有一对石狮,雄踞两侧,森严威仪。有五扇门,正门两侧各有两扇边门,五只尖顶,中间最高的有六层楼高,钟楼有七八层楼高,堂内的门框、大梁等木料都是从国外进口的名贵土檀木。在教堂的内外墙面等部位均有精美的壁画、圣像画和文字等。每年圣母节,教堂内外四个场心挤满了人,热闹非凡。那时教堂里还创办婴德会,专门培训襄助传教的修女,并义务收养那些因当地农民家境贫困养不起的孩子,抚养长大后去留自由。有好多孩子在圣父、修女的关怀照顾和影响下,领悟到了许多道理,以及学文化、学知识,学到了一技之长。同时,修女们还有着较高的学历和丰富的医学知识,经常为当地百姓义务看病治病,深受人们的尊敬和爱戴。如今,仅在原址内保留下来的三间附房,一口水井和堂前的那条小河见证圣三堂的百年沧桑。因此,人们对圣三堂的拆除深感惋惜,更是期盼着能有机会重见天日,恢复她的原来容貌,让人们再睹这一宝贵历史文化遗产的风采。

据史料记载,圣三堂于 1861 年起建造,1867 年扩建,添建附属屋等,共计房屋 9 间,附属房屋 36 间,建筑面积为 2 423 平方米,占地面积 8 亩。后于 1911 年,李儒林神父在左右两侧各拨出一大间,合建成十字形堂。1932 年,由加拿大神父戴雨农在堂内西北角造假山一座,曾多次修缮。新中国成立后由政府接管,驻扎在这里的外国人撤离,教堂停止活动,并先后做过部队营房,区政府、乡政府办公室。"文革"时,大教堂及部分附房作为"四旧"而被拆除,主堂建筑荡然无存,仅剩的几间附房改成小学。据当时目击者称,当年在拆除时看到,圣三堂的堂基全是用整根 4 米多长的长木竖桩铺成的,拆除后挖出的木头堆成小山似的,可见当时设计是何等的精巧,结构是何等的坚固,工程是何等的气派。它不仅是当时崇明岛上最大的教堂,而且是最好的建筑,更是在崇明岛上进行中西宗教文化交流最活跃的场所。

1997 年落实政策,归还教堂部分土地及附房,土地面积为 4 189 平方米,建筑面积为 120.44 平方米,并在原址上盖了三间简易平房,内设"天主圣三像"。同时,为满足广大教徒的活动需要,每月第一、第三个礼拜由崇明大公所天主堂派神甫前来诵经做弥撒,定期举行宗教活动。

如今,每到这一天,平时空荡荡的三间简易房里挤满了教徒,宁静庄重,其乐融融,让人无不感受到这里的清幽、淡雅、祥和。

古韵悠悠闻道园

闻道园，位于上海宝山罗店镇义品村，占地 1 000 余亩，以古徽派建筑复建为主要特色。园内四周曲水环绕，湖水清澈碧绿，清静明丽，宛如一颗巨大的蓝钻石镶嵌在田野里。这里的名木古树就达 18 000 多棵，只见湖岸边林木蓊郁，亭台楼阁错落有致，漫无边际的薰衣草，随风摇曳，紫花烂漫，身临其境，恍若走进人间仙境。

走进园中，我的目光一直被那些独特的古建筑所吸引，这些江南水乡的自然田园、民居院落、乡风民俗乃至传统文化得到了诗意化的表达。如今，随着城乡一体化建设步伐的加快，过去的一些老房子、老建筑渐渐地远去，消失在人们的视线里，取而代之的是城市与乡村变得千篇一律，到处是高楼大厦，那些散发着独具魅力的古民居和古建筑却变得愈发稀缺难觅，因此更让人感到珍惜。为此，近年来，上海闻道园文化投资控股集团，怀着为拯救这些行将消失的传统古民居、古建筑的朴素情怀，不惜投入 10 亿巨资,从安徽、江西、浙江、江苏等地收集和挖掘来大量的隋、唐、明、清时期古民居以及石桥、石柱、石板和古奇石、古石刻等古建筑材料,进行精心设计,原汁原味地重新复原组合,在闻道园内建造成仿古老宅和仿古建筑,使传统历史文化得以保护和传承。

这里的徽派古民居建筑群,有 20 余幢隋、唐、明、清时期古民居,祥和静谧,蜿蜒耸立在葫芦形小湖四周。凭栏望去,顶上蓝天无垠,白云悠悠,下面是绿影婆娑,湖水潺潺,拱桥似月,古宅老墙,湖光叠影,相映成趣,美不胜收,构成了一幅幅以建筑之美与民俗风情有机融合的形式,向人们展示着素雅秀美江南水乡的生活画卷。

沿着木栈道拾级而上探寻徽州雕花厅。这是一座建成于清中期的徽派建筑,砖木结构,造型别致,设计精巧,布局严谨,外观威严高大,屋角飞檐挺拔俊秀,屋顶铺着黛色小瓦,内视雕梁画栋,富丽堂皇,气势宏伟。这里最引人眼球的是那明亮宽敞的天井,寓意四世同堂,肥水不外流。自古以来,天井与古人生活息息相伴,天井寄托了古人太多的期望和遐想。据称,宅主有着 8 个儿子,他为每个儿子都建了一套式样基本相同的房子,这种格式和布局在同类建筑中实不多见。在天井的牛脚上雕刻了琴棋书画图案,无疑寄托了主人对儿孙们才学兼备,琴棋书画样样精通的期望,也反映主人世代相传、忠孝仁爱的大家族式的生活方式和奋发自强、好学上进的民风民俗。

这里的楠木厅,建于清末民国初年,是一个药商的宅子。此药商既经营中药,也兼售西药。这种中西交融的经营方式,使他接触了较多的西洋文化,园弧形的窗及窗角线都是深受西洋式美学的影响,整栋房屋用料多为珍稀的楠木。另外一个引人入胜的奥妙之处,在于宅园"内三层外两层"的结构。在民国初年我国的无名工匠就建造出了错层有致、适合人居的房子,让人不能不佩服当时的设计者和建筑师的聪明才智,不能不说是个建筑史上的奇迹。细细品味,我们仿佛看到从遥远年代走进来的徽州先祖,用他们的朴质和睿智谱写了一部徽州文化的发展史,也是江南水乡农耕文明时代传承的生动体现。

这里还有气势浩大的宰相府、议事厅,雕刻精致的进士府邸及古朴典雅、各具特色的明、清时期古民居 10 余幢。这里的八卦荷花池,根据古人"古文四象"中的图案设计,按八卦图排列,象征八种性质与自然现象,分立八方。园内还有保存完好的明朝万历年间和清朝道光年间的古牌坊各一座,矗立在茂密的树林中,远眺雄伟壮观,恰似一幅古朴天然的水墨画,给人带来无限的遐思和回味。

不远处一座清朝咸丰年间的古桥"水济桥"跨湖而立,湖面碧波荡漾,湖边垂柳轻拂,放眼望去,便成了另一幅醉人的油画,既有雄浑的气魄,又充满着小桥流水的风韵,尽显出生动和飘逸。这些步步皆景的古建筑景观,形成了道道迷人的风景线,使你不用去安徽,就能感受到徽州文化的璀璨与精华。

闻道园,真可谓"波卧廊桥,樵夫曾憩;庭耸碑阙,无限风光",这里的"一草一木,皆历江南烟雨;一廊一柱,尽显徽派风流"。徜徉在古朴迷人的风景里,探觅在妖娆诱惑的佳境中,传统与现代相互辉映,自然与人文相得益彰,这里的文物古迹留着你历史见证,拱桥塔影焕发你青春容颜,古树名木映衬你苍劲伟岸。闻道园里的古建筑,传承的是文化,书写的是文明,感受的是韵味,让人时时激起江南情结与无边乡愁。

访杜月笙藏书楼

　　杜月笙(1888—1951)出生于浦东高桥,幼年家境贫寒,15 岁便跟随同乡到上海闯荡。先是在十六铺一家水果行里当学徒,因人机灵,以削水果出名,因此有人称其为"水果月笙"。后结识上海滩青帮龙头黄金荣,从此堕入黑道。上海"四一二大屠杀",他跟随蒋介石充当了很不光彩的角色。1925 年,他与人合伙成立三鑫公司,垄断了法租界的鸦片买卖,并出任法租界商会总联合会主席,同时渗入银行、地产和轻工实业界,成为上海滩最有势力的大亨之一。

　　发迹后的杜月笙为了光宗耀祖,于 1930 年在家乡陆家堰买下以杜祠为中心的 50 亩土地重建杜氏祠堂,并委托当年上海滩上有名的创新建筑商谢秉衡承建。杜氏藏书楼则为祠堂的附属建筑,由张耀亮久记营造厂营建。1931 年 5 月,杜家祠堂竣工,其规模之宏伟,陈设之富丽,可称其时之最。

　　杜家祠堂是一座五开间三进深的仿明清庙宇式建筑,混合结构,大门两侧雄居威武的石狮子一对。第一进为前厅,设有轿马厅、接待室和账房间等。第二进为正厅,供奉着"福、禄、寿"三仙。第三进设"飨堂",神龛中供奉着杜氏先祖的牌位。所有器物都雕龙刻凤,包括墙砖都有彩绘的戏文。在二、三进的天井上空,都建有新式的玻璃天棚,四周有回廊,宛如欧式皇宫。但遗憾的是,该祠堂主体结构在抗战期间曾毁于战火,藏书楼则得以幸免。两栋建筑耗资50万银元,再加上庆典又花费50万银元,故有"一掷百万"之说。

杜氏藏书楼为祠堂的附属建筑,位于浦东高桥镇南的杜家宅。杜氏藏书楼的主体建筑为两层平顶砖混结构,坐北朝南,庄重而典雅,面积为896平方米,藏书达10万余卷,均为杜氏门人所赠。杜氏藏书楼是中国南方庭院式建筑与西方巴洛克建筑风格的完美结合,属新建筑文化运动的产物。房屋高大气派,外墙门檐、窗框上都有上海浦东老石库门样式的装饰带,纹样多以太阳、禾苗和竹升等为主题,寓意"仓廪实而知礼节,衣食足而知荣辱"(出自《管子·牧民》)。"杜氏藏书楼"五字题匾为篆书,显得稳重和大气。

藏书楼前厅门上的刻花玻璃及地面马赛克瓷砖均为法国进口,故虽经岁月沧桑却依然晶莹剔透。包括排水管道,电闸开关,金属门闩把手等均是当年的原物。上面的英文"推"、"拉"字样依然清晰可辨。屋顶上的石膏与木线拼接吊顶,工艺考究,至今仍看不出对接的缝隙。纹样多以几何或鲜花香草为主,寓意"书香门第""泽被后世"。内部装潢,包括壁炉、窗帘盒、护墙板均选用名贵木料,地板则是红木细条,至今仍光亮如新,即使遇到梅雨季节也不会受潮变形,可见当年都是经过除湿上蜡工艺处理过的。楼梯护栏为金属框架,装饰有大气的花卉图样,木质扶手线条流畅,触感光滑,民国时期曾有不少名流过往于此。

藏书楼二楼正厅是杜月笙当时用来会客的客厅,正厅前方有门可以通往阳台。中厅顶部的石膏吊顶大气精致,六层花纹无一重复,与一楼的也绝不类同。木质护墙板上有精致的雕花,木质折叠式百叶窗开闭自如,平时不用时,可以折叠进窗户一侧的暗格内,可谓用心良苦。藏书楼内所有房间均为连通结构,能够随时游走到任何一处。一楼通往后院花园处还有一条逃生通道,入口处设在一小房间内。出口处发现有两处,一处在楼后方左侧,一处在稍远处。据说,几年前因通道积水,曾用抽水机对里面抽水,结果三天三夜都没有抽完,可见通道之幽深。

杜氏祠堂于1931年6月7日落成,6月9日举行庆贺典礼,前后耗时一周,各方送来的贺联、贺幛和礼品堆积如山,其中包括蒋介石赠送的匾额"孝思不匮",张学良赠送的"好义家风",何应钦赠送的"世德扬芬",于右任赠送的"源远流长",以及段祺瑞、吴佩孚、曹锟、班禅额尔德尼等人送来的匾额。那天一大早,杜宅附近的几条马路被数万人的仪仗队和贺客挤得水泄不通。前北洋政府两位总统徐世昌、曹锟,执政段祺瑞,军阀吴佩孚、张宗昌,少帅张学良等均前往祝贺。要塞司令部在附近鸣礼炮21响,陆海军、公安局西乐队等一齐出动,梅兰芳、程砚秋、荀慧生、尚小云四大名旦也登台助兴,声势浩大,全国轰动。

有人议论,杜月笙为一介粗人,怎么会与藏书联在一起?其实杜氏虽出身低卑,但他很看重文化,尊重有文化的人。成名后,他一直在努力提高自身的文化修养,其门厅高悬的对联"友天下士,读古人书",就是他的向往。他重金聘请说书艺人长期为他开讲《三国》《水浒》等传统书目,学习历史知识和古人处世方式。他勤练书法,写得一手好字,还非常注重仪表,不论天气有多热,他长衫最上面的一颗纽扣始终扣紧,以示礼貌。他严禁衣冠不整的门徒出入杜宅。杜月笙还广结名流,许多文化界大名鼎鼎的人物,如章太炎、章士钊、杨度等人,都是他的寻常座上客,连教育家黄炎培也是他的好友。上海沦陷后,他还买了不少《西行漫记》《鲁迅全集》等进步书籍,送给法租界的各大图书馆,为广大市民提供抗日救亡的精神食粮,这些都是他向读书明理之人靠拢的表现。除此之外,杜月笙对子女的教育也高度重视,严格要求他们的学业,严禁他们沾染烟赌娼。

1951年,杜月笙寓居香港。临终前,对身边的子女说:"我去后,带我回上海,我想葬在高桥。"但因种种原因未能如愿,第二年他的遗骨被运至台湾,葬在台北大尖山麓至今。

上海解放后,藏书楼由军队接管,并作过部队的办公楼。2002年,浦东新区确定该建筑为文物保护单位。如今,当年杜月笙亲手栽下的一株罗汉松依然矗立在这个院落的正门前,见证着这段历史沧桑。

探觅丰乐镇老街

　　丰乐镇,位于横沙岛中部偏南的横沙乡政府以南约 2 公里处,建于 20 世纪 20 年代初,新中国成立前夕至 20 世纪 50 年代初为横沙区公所和区政府所在地,是全岛的政治、文化和商贸中心。加之丰乐镇离海边近,有许多渔船停靠在海边,鲜鱼鲜虾一年四季不断,店家集市兴旺,各路商户闻风云集,迁此开业,逐渐形成东西街长约 400 米,南北街长约 120 米的"丁"字形街。街面上有南北什货店、茶食店、肉店、水产店、棉百货店、饭酒店、豆制品作坊、茶馆评书房、旅馆、私人诊所、中药铺、弹花店、木铺店、理发店、照相馆、制鞋作坊、裁缝店、铁匠店、圆竹铺等商铺店面近百家,各种商品琳琅满目,人流如织,熙熙攘攘,热闹繁华,生意兴隆。

　　20 世纪 60 年代初,我在横沙新民镇西市的横沙手工业社当学徒工,在学习竹制品的近两年时间里,经常跟随师傅到隶属于手工业社的丰乐镇门市部送货,当年丰乐镇的情景,至今历历在目,记忆犹新。记忆中的丰乐镇老街就像一曲没有休止符的音乐,活泼、清新,充满激情而又富有灵气。尽管当时的政府机关设在新民镇,但丰乐镇的街面规模及建筑都要比新民镇完整气派。那时的新民镇从南到北一条街面上仅有几间砖瓦房,几乎全是草屋,而丰乐镇上的建筑错落有致,鳞次栉比,白墙青瓦,立柱拔廊,条石铺面,小雨不湿鞋,大雨无积水,古朴典雅,独具江南水乡特色。步入老街,风姿各异的建筑,如一幅幅淡雅秀丽的民俗风情画,令人赏心悦目。

自从 1962 年离开横沙,时隔 54 年之后,于 2016 年 7 月初再次来到横沙丰乐镇,往日的老镇、老街、老店铺、老建筑已不复存在,取而代之的是一幢幢式样新颖的民居小楼、别墅。然而,在这遗憾的同时,有幸还能见到几处隐藏在小楼深处的街面老屋,尤其是老街最南端,建于 19 世纪初的一道造型别致,气势雄伟具有浓郁的传统建筑风格的观音兜山墙及两侧几间造型典雅、古色古香的砖瓦平房,虽历经两百年风雨,加之年久失修,残墙破壁,饱经沧桑,但却依然仙风道骨,原汁原味风韵犹在,砖石雕花依稀可见,里里外外保存完整。据说,该建筑是横沙岛上唯一保留下来的一点历史遗迹,成为横沙岛上景物变迁最直接、最有说服力的历史见证。漫步其间,让人思绪万千,顿生历史的感慨,一个远去的古镇老街仿佛向我们倾诉着过去的风光和辉煌,而我们看到的百年老街新旧交替,洋溢出一派古朴宁静又生机盎然的万千风情。

另据村里的顾书记和宋主任介绍,在横沙岛 130 多年的历史长河里,由于丰乐镇的繁华和商贸活跃,以及在此创办学校,发展教育事业,给这一地区的文化底蕴打下了坚实的基础,使在这不起眼的小镇中,涌现了教师多、会计多、大学生多、杰出人才多的"五多现象",这些风流才俊在各个领域独放异彩,并传承了勤劳朴实的民风民俗和传统美德。望着老街老屋,我的心里久久不能平静,我的脑海里一直萦绕着当年人流如织,热闹繁华的情景……

为此,笔者认为,建筑是一个时代的记忆,它承载着历史纪念和历史建筑的文化价值。老建筑、老房子,既是人类生产生活的最初聚落,也是社会形成的基地,更是文明的发祥地。因此,保护优秀老建筑是普世文明。尤其像横沙岛丰乐镇上的这些老建筑老房子,承载着横沙岛数代人的生活变迁,见证过曾经的沧桑,留下了弥足珍贵的历史记忆,它在上海地区都很难找到,不能再让这留下来的唯一历史遗迹消失殆尽。应尽快择其典型修旧如旧,采取抢救性的措施加以保护,并在这里的原址上筹设"横沙岛古建筑博物馆",以自己特有的风姿,打造海岛特色民居建筑新品牌,为传统文化注入新活力,为国家旅游度假区之一的横沙岛增添新的亮点,让人们留住历史,留住记忆,留住乡愁。

访登瀛书院旧址

　　登瀛书院旧址,位于崇明东部地区五效镇中市北侧,系登瀛小学前身。由邑人龚公克宽字涧夫在科举时期的清同治八年(1869)创办,系本区明清时期七所书院之一,迄今已有140余年历史。然而,百年风雨过去了,它仍矗立于当时诞生的地方,似乎时间在它身上已经停止,它以它的方式向后来人默默地讲述着它所经历的风雨岁月。

　　崇明岛自古民风朴实,崇尚文教。"自有崇明在唐朝",宋代嘉熙年间,就建崇明学宫,随后,书院、义学、学堂遍及全岛,勤于农作的岛民尽力把子女送去读书,耕读文化扎根于深厚的文化氛围之中。当年,龚涧夫为了改善崇明东部地区童生无学可上的面貌,将祖遗启东县永昌沙土地24万步及海门县小安沙工地3万步单边地的地租,全部归公,作为童生中学习成绩优异者在攻读期间的奖励金,并聘请地方上著名学者为辅导。堡镇、箔沙(今五效、合兴地区)、丰乐、东久(向化、汲浜、陈镇、裕安)地区的寒穷童生,二三十人,每年两次定期来院会试,讲经论典,吟诗作赋,五滧镇便成为下沙的文化中心。据不完全统计,登瀛书院自清同治八年(1869)至光绪三十一年(1905)就有宋荪庵等 8 位学生考取秀才和廪生。

清光绪三十一年(1905),随着科举应试制度的废除,书院改为学校(即登瀛小学),原来的院舍不够用,于是在原讲堂后增建朝东屋两大间和朝南屋一穿堂两间以及一些生活用房,还租用街南民房一间也作为教室,登瀛小学的雏形基本形成。首任校长叶鸿猷,当时还有社会名人以及地方绅士宋承家先生等 10 多人组成校董会,掌管学校重大事宜。

1912 年,由于学校声誉威震崇东地区,启东学生相继来校投宿攻读。随着事业发展,校舍继续向北扩建,在两年时间里又增添二埭校舍——四教室、一图书室,并报县批准了从初小扩展为七个学级的完小。1914 年崇明东部诞生了第一所完全小学。

1936 年,登瀛小学诞生 30 周年,在时任校长张孟坚组织下,举行盛大庆典,白天开运动会以及学生成绩展示,晚上提灯游行,放焰火,出挑竿,并发行纪念刊等,庄重而热烈,可谓东瀛教育之光。

1938 年,崇明沦陷于日军,师生流散,学校停办。1939 年,沈玉堂等 6 名爱国志士重整校园,四个班级复苏上课,翌年,镇西刘敬如三复式完小并入本校,学生增至 280 多人,至 1948 年又有一批乡塾并转,学生多达 320 人。1949 年新中国成立,广大翻身的贫苦农民子女涌进学校,至 1958 年,全校共有 13 个班,500 多名学生,校舍亦作了调整和扩大,其规模为全公社之冠。

遥想当年(1959 年 9 月至 1961 年 7 月)我读五年级时,从四溆小学转到登瀛小学读书至小学毕业。在我的印象中,那时的登瀛书院是校务办公室,四厢房的传统民居,坐北朝南,造型别致,翘角重檐,有正埠屋、厢屋 10 余间,房屋结构为瓦顶砖墙木架,清砖白缝,墙基深阔,木柱立于础石,花岗石阶沿,七路头拔廊,格子门窗,古朴典雅。庭院内砖石铺地,亭台阁榭,假山喷泉,小桥流水,曲径通幽,花木葱茂,错落有致,布局协调,建筑风格明快。每逢中秋佳节,桂花盛开,满园飘香,沁人肺腑。然而,自 20 世纪六七十年代以来,随着时代的变迁,旧建筑几经改造扩建,已基本拆除,取而代之的是一幢幢式样新颖的现代化校舍。

近日,我来到阔别多年的小镇——五溆镇,并去了一趟登瀛小学。虽然,小时候记忆中的登瀛小学已经没有了,但是有幸看到登瀛书院旧址,坐落在新校园南侧,现存房屋面阔 23 米,进深 9.5 米,建筑面积 218.5 平方米。据附近的老乡介绍,该房屋在新中国成立前于宋承家先生买下,才得以完整地保留至今。虽因年久失修,残墙破壁,饱经沧桑,但硬山顶小青瓦屋面,古式木门窗,里里外外保存完整,原汁原味江南水乡传统建筑风格风韵犹在。这破旧的房屋虽已人去屋空,但仍然可以想象当年的热闹喧嚣,以及曾经有过的辉煌。置身其间,让人不由得思绪万千,顿生历史感慨,同时五十多年前在这里读书时的情景仿佛穿过岁月的烟云飘浮在眼前……

走在书院旧址与一路之隔的新校园之间,环境宜人,氛围幽雅,令人着迷。放眼望去,传统与现代,古典与时尚,装点得富有韵味。校园内的几棵松树根如盘龙,高大魁梧,冠如华盖,茁壮挺拔,绿意盎然,繁茂的枝丫透过校舍楼顶,伸向蓝天,呈现一派欣欣向荣的景象。据称,这是当年建书院时种植的。凝视着这饱经风霜、拔地而起的苍松,恍若有时空错乱的感觉,仿佛莘莘学子比肩而坐,在聆听师长宣讲,蓦然间又仿佛化作支支巨笔,挥洒下一曲又一曲千古绝唱。松树,耸立在校园内,守望着风雨春秋,叙述着学校的发展,记载着学子的辉煌,也浓缩了历史的沧桑。从而让我们进一步认识到古建筑保护的意义和价值,更使我们敬畏和珍惜古建筑的历史文化以及给后人提供复古、怀旧、记住乡愁的精彩华章和情境体验。

走出校园,学校门前的那条小河,河水清清,静静地从前方淌来,又默默地流向远方。那执著流淌的小河拨动着河边一片片青青的芦苇和一簇簇争芳斗艳的野草花,在微风中摇曳着,虔诚地欢送着河水前行。沿着河沿漫步,一幢幢造型别致的农家小楼以及那绿树花草河堤倒印水中,在阳光下,水波荡漾,金光耀眼;偶遇白鹭出没,悠闲踱步,水鸟掠过水面,溅起一串透亮的水珠,一切都是那么自然、古朴、纯净。慢慢欣赏两岸美景,闻花香,听鸟鸣,呼吸着清新的空气,体验着静谧与闲雅,一种古朴纯真的生活情感顿时充斥于故乡游子的胸中,流淌进我的血液里。在与乡亲们的交谈中,浓浓的家乡口音,顷刻将我带回到了小时候的学校,此时,我怀念我的童年,我格外怀念我学生时代的老师同学,更怀念建立在登瀛书院旧址上的登瀛小学。

　　附：登瀛书院自清同治八年（1869）至光绪三十一年（1905）
的书院史中，崇明东部人才辈出，据不完全统计有下列几名：

宋荪庵		考名承家，考取秀才后继续深造得中副榜举人放官为绍兴			
		县知县	住向化镇河角	当时为丰乐乡	今属向化
吴锡珩	字楚珍	秀才	住四滧镇河东	当时为箔沙乡	今属五滧
龚子昌	法名穆	秀才	住四滧镇河西	当时为箔沙乡	今属五滧
施尔康		秀才	住鲁玙镇南市	当时为箔沙乡	今属合兴
顾贻孙	字也丰	秀才	住五滧镇河西	当时为箔沙乡	今属五滧
郁楚丰		秀才	住永隆镇对南	当时为东久乡	今属裕安
郁禹颜		秀才	住永隆镇对南	当时为东久乡	今属裕安
沈洵高	字铭甘	廪生	住五滧镇东市	当时为箔沙乡	今属五滧

池州景美人更爽

2016年9月6日早晨，我们一行乘车从上海出发，赴安徽池州参加中国房地产协会召开的工作会议，让人大开了一次眼界，留下了许多感怀。池州市位于安徽省西南部，北临长江，南接黄山，整个行程大约需要6小时。车进入安徽境地之后，地势渐高，丘陵起伏，透过车窗，一眼望去，远山近岭，林密竹茂，绿海翠波，景色迷人。一片片颗粒饱满的早稻金光闪闪，一块块青枝绿叶的晚稻碧翠盈盈，衬映着蓝天白云，风光优美，分外妖娆。

据介绍，池州设州置府始于唐武德四年（621），迄今已有1390多年历史，晚唐杜牧，北宋包拯曾先后任池州刺史、知府。池州素有"千载诗人地"美誉，李白、苏轼、陶渊明等众多文人雅士都曾驻足寻芳，留下了千百首脍炙人口的诗作；相传大唐诗人杜牧在任池州刺史时写下了千古绝唱《清明》诗，更使池州杏花村名播青史，蜚声中外。还有贵池傩戏，被誉为"戏剧活化石"，发源于池州的青阳腔被誉为"京剧鼻祖"，二者已被收入首批国家非物质文化遗产名录。听了介绍,使人如临其境,仿佛感受到了远古的文化气息。

然而,我没来池州之前,一直以为杜牧《清明》诗中的杏花村在山西汾阳,这次来池州后,看了有关资料和当地人的介绍,才知原来诗中讲的杏花村在池州。但也有说牧童是在山西,而遥指的杏花村则在安徽池州,听后,觉得可信,不然何为遥指呢?

资料显示,近年来,池州以自己特有的风姿吸引四方游客。池州生态环境良好,资源丰富,矿产种类繁多,迄今已发现矿种40 多种。境内有国家级湿地自然保护区——升金源,国家级野生动植物自然保护区——牯牛降,中国四大佛教名山之一的九华山国家森林公园等各类旅游区 300 多个。面积达 11.2 平方公里的平天湖和省级风景区齐山,镶嵌于主城区之中,"一池山水满城诗,半城湖光半城林"的城市意境愈加浓郁,自然风光和人文景观交相辉映,是理想的居住和旅游休闲胜地。池州见证了古人的智慧和勤劳,也印记着当代人对历史的敬仰和呵护。

这次来池州,我们入住池州市大九华宾馆,位于贵池区百荷公园商业圈。清晨,我被啁啾的鸟鸣声催醒起床后,沿着宾馆前的湖边散步,凉风习习,晨光里,湖水恬静而温柔,宛如一块碧玉镶嵌其间,湖的四周,树木葱郁,放眼湖面,薄雾冥冥,时而有飞鸟掠过湖面,蓝天白云倒映其中,展现出无比的灵动和宁静的美。荷花池中绿油油的荷叶亭亭玉立,一枝枝荷梗上的荷花盛开,红绿相间,上下呼应,煞是好看。远处的荷池中央有几株艳丽的莲瓣,含羞带露地映日绽放,摇摆的莲蓬张着笑脸,笑醉了夏日的光阴。徜徉其间,令人赏心悦目,释放身心,惬意无比。岸边公园内,花木葱茏,鸟鸣声声,清脆悦耳。一群群晨练者翩翩起舞,恬淡闲适。几个结伴而行的老者边散步,边聊天,谈笑风生,尽情地享受着这里人与自然的和谐,向游人展示着她的芳姿和带着生活气息生动的诗画般情景,给人带来了景美人更爽的感觉。

　　池州,好一颗江南大地上的璀璨明珠,留下一段难忘的美好时光。

秋阳下上海之巅

　　秋日的一天,风和日丽、阳光灿烂、凉爽舒适。我们一行来到位于浦东陆家嘴的世界第二、中国第一高楼——上海中心大厦参观。

　　车至延安东路隧道浦东出口处,上海中心大厦豁然矗立眼前,在秋阳的照射下,大厦似一柄青铜剑直刺苍穹,像一条巨龙跃向云霄,像一座高峰壁立千仞,蔚为壮观。进入大厦参观区,搭乘每秒 18 米这世界上速度最快的电梯,仅用近 30 秒,就从地面直奔到了 118 层 552 米的高空观景台。这一层的厅室外是环形观景区,可从"云端"以 360 度的不同角度俯瞰,上海市区全景尽收眼底,风景随着脚下的步子一起变换。坐落在大厦周围的东方明珠塔,金茂大厦,环球金融中心,玻璃幕墙反射着刺眼的阳光,闪出夺目的靓,这一座座曾经创造上海最高高度的标志性建筑和四周飘浮缭绕的几片悠然云雾交相辉映,画面美如天宫仙境,真可谓"一众山小"。

　　凭栏远眺，浦江两岸错落有致的高楼大厦像五线谱上那些跳动的音符，正在演奏一曲激昂的交响乐。陆家嘴滨江绿地，鲜花、灌木镶嵌在翠绿的草丛中，犹如一条彩带飘落在黄浦江东岸。薄雾轻荡、光影交织下的高楼间奔流的黄浦江，游轮客轮穿流其间，永不停歇的律动，似一首劲歌振荡着你的心胸。细浪拍击两岸溅成簇簇水花，洒落的阳光星星点点，像多情少女向远道客人捧献鲜花，情深意切。

　　环顾四周，心旷神怡。清晰可见黄浦江雄壮，苏州河婀娜，架在黄浦江上的南浦、杨浦、卢浦大桥如一弯弯新月升起凌空划过。浦江两岸，一边是浦西近代的万国建筑博览会，一边是浦东的现代建筑，遥望相对，交相辉映，相得益彰。一条条高架道路如一条条蛟龙伸向远方，一条条河流密布如网，会聚苏州河和黄浦江，相扶相搀，在秋色的簇拥下，温暖而生动。一幢幢高楼，雄伟矗立，绿树掩映下的住宅楼、商务楼，飙着劲儿比身高，换着靓色比时尚，在阳光的照射下银光闪闪，显得格外靓丽，无不见证着上海发展的亮度、高度和速度，令心灵震撼。

　　上海中心大厦，总建筑面积57.6万平方米，高632米，拥有9个垂直社区，21个空中大堂。大厦集办公、娱乐、餐饮、观光、会务等功能为一体，可供数万人在此工作和生活。它的外形似一个吉他拨片，随着高度的升高，每层扭曲近1度，这种设计能延缓风速，提高对台风等自然灾害的抵抗能力。它还采用了风力发电、雨水回收、地热泵等各项节能环保技术，被誉为绿色环保建筑的典范。

　　上海中心大厦,是中华民族的骄傲,也是上海人民的荣耀。站在洒满秋阳的上海中心大厦 552 米观景台,放眼望去,任何角度都是美轮美奂、精彩纷呈的美景,让人感慨,放飞思绪,随秋色和美景升腾、弥散……

品游日本人吉城

2016 年国庆假日里，乘坐海洋星子号皇家加勒比国际邮轮，进行日本、韩国六日游。浮光掠影式的观光，领略了这里的风俗人情，也拾回了一段美好的记忆。

登上邮轮，如同到了一座美丽的水上城市，商店、餐厅、健身、各种各样的派对，一应俱全，玩在其中，乐在其国。10 月 1 日下午四点，邮轮从上海吴淞客运中心出发，经过一天两夜的航程，于 10 月 3 日早晨抵达日本熊本，早饭后便搭乘大巴去熊本人吉市参观游览。浩浩荡荡的车队从港口码头出发，在盘山公路上奔驰，公路两侧峰岩突兀，峭壁陡立，苍松翠柏一路环绕，一株株紫的、红的、黄的花朵，静静地点染其间，途经十几座山洞隧道，约 1 个小时行程到达人吉市。车在人吉市区的公路上行驶，透过车窗望着缓缓后移的景色，清朗的天空飘浮着朵朵白云，远山近岭，林木茂密，层层叠叠，绿海翠波，间有清晰醒目的银杏黄叶斑斑，红枫彩叶点点，在蓝天白云下，五彩斑斓，蔚为壮观，向人们展示着大自然的神奇。沿途田园风光尽收眼底,一片片丰收在望的稻田,在阳光下泛起金色的浪花,散发出醉人的馨香。一块块荷花塘,荷叶田田,荷花绽放,缕缕清香,与远处闪光油亮的绿色山林相映成趣。那红的热情、绿的恣意、金的灿烂、黄的奔放,恰似一幅色彩斑斓的油画,令人赏心悦目。

秋天的日本,天高气爽,风轻云淡。到人吉市,首先参观市区小镇。沿小镇街道漫步,这里人车不多,没有汽车喇叭声和各种噪声,街道干净整洁,纤尘不染,绿树成荫,花草繁盛,处处是田园诗般的清新与宁静。

沿街的民居,面积不大,80 平方米左右,大都是平房,砖木结构,屋面也不高,只不过在三四米左右,小巧玲珑,粗拙中透精致,平淡里扬个性,尤其是各家占地仅七八十平方米的袖珍小院种植的树木不高不大,却修剪得精巧别致,既如盆景般齐整,亦有自然天成意趣,显得格外入眼和舒适。

临街商店,鳞次栉比,一个紧挨一个,商品琳琅满目,富有当地特色的土特产应有尽有,看得眼花缭乱。走在街上,领略了日本市民良好的文明风尚,每到之处,店主们都彬彬有礼,热情迎客。随处可见货架上各类商品明码标价,货真价实,并贴有产地等标识,看了一目了然,不需讨价还价。简单纯朴的街巷,闹市不喧,让人怦然心动,耐人寻味。

根据团队安排,到小镇上的旅馆洗温泉。人吉地区的温泉历史悠久,早在 500 年前相良家的大人曾入浴人吉温泉。穿过市中心的球磨川沿岸散布着温泉,据说当地人都习惯洗温泉,为的是享受洗温泉给自己带来缓解疲劳、润肤美容和强身健体,那蓄含弱碱性碳酸等各种水质的温泉水极具养生功效。这次安排洗温泉是自由选择的,不洗温泉的也可在附近自由活动。我们几个在约定的时间内选择自由活动,沿街看风景,逛商场。一路走来,只见生长在河道和沿街两旁的树木枝繁叶茂,十分高大,身躯魁梧、挺拔,叶片饱满,绿油油的亮,尽管树皮斑驳,却在树干上布满青苔,青苔上还长着小草,静静矗立。绿树荫荫,生机勃勃,郁郁葱葱,鸟鸣声声,河水清清,凉风拂面,送来草木清香。一群乌鸦(当地称为吉祥鸟)站在河滩上晒翅膀,黑压压的羽毛泛着温润的光,尽显风姿,让人目不暇接,妙不可言。

午餐时分,在团队的统一安排下到人吉温泉旅馆品尝日本传统菜肴。那一道道精致的日本美食,色泽鲜艳,看着已是舒服,咬一口更是鲜美无比,那鲜香味仿佛粘住了一般,芳香怡人,回味无穷,久久不会散去。吃日本菜真正体验"品尝"二字,十几道菜实行分餐制,每人一份,而且数量不多,每道只有一二块菜,但基本做到能吃饱、吃掉、吃好,简单实惠,光盘不浪费。

用完午餐后,便前往人吉城迹旧址参观。人吉城在当地也称"织月城""三日月城",是统治人吉球磨地区长达700多年的相良氏的居城。正式筑城始于战国时代,近世的人吉城诞生于庆长年间,第12代城主相良长每当政时期。城迹不大,四周城墙十分坚固,高大宽厚,全是用石块垒成,墙外有护城河,紧贴城墙,河水清澈透明,晶莹洁净,倒映着蓝天白云和城墙绿树,分外妖娆。河中随处可见游鱼,大的重达四五斤,在水面上游来游去,悠然自得,让人欲去不行，赢得游客阵阵笑声。城墙内古木参天，古色古香。这里的建筑，规模不大，但却小巧别致，翘角飞檐，雕梁画栋，精美典雅，让人轻松愉快地体验到人吉建筑水平的高超精湛和深厚的历史文化底蕴。

原计划 6 天的航游，还有安排到韩国的，后遇台风，取消了韩国游程，改为海上航游。于是，这次旅游，大多时间在海上，但在海上航游也有它的好处，最惬意的是在夜间的时候，看星星！说来也巧，我们住的房间正好在船头，正面对海，夜幕笼罩，一眼望去，海面一片漆黑，浩瀚皎洁的夜空尽收眼底，尤其海上，夜色之美超凡脱俗，星星格外多，也格外明亮，满天繁星闪烁银河链，看得目醉神迷。在日本虽只是一天匆匆一游，但留下的是清静、整洁、舒适、迷人的美好时光。

古朴秋韵水博园

　　深秋时节,笔者到闵行区马桥镇澎渡村韩湘水博园游览,那古朴自然、优雅怡人、风光秀美的景观,宛如一幅纯粹的水墨画卷,镶嵌在诗意浓浓的旷野之中,让人仰慕。

　　韩湘水博园,以林傍水,占地约 400 亩,是马桥镇澎渡村 3 000 村民为保护上海饮用取水口安全而建的一个生态园林。水博园所处地名叫"韩仓",相传古代八仙之一的韩湘子在此有一大片宅院,留下很多关于他的民间故事。这里景色迷人,泥土芬芳,是纯净水的取水地,更是天然氧吧、钟灵毓秀之地。

　　进得园区,一棵棵苍劲挺拔的古树名木围成风景带,一栋栋古建筑、一座座古石桥掩映其中,错落有致,文静典雅。一条河流环绕整个园区,潺潺流淌,河光水色,清澈剔透,碧波荡漾,宛若一面巨大的镜子。滋养而生的芦苇、水草、荷叶等随水显倒影,相映成趣。四处静悄悄,风儿在耳边轻轻拂过,在深秋季节更显宁静祥和。极目远望,河岸柳枝轻摆,树影浓密,桥亭廊榭,错落有致;

透过树隙,鹭鸟翩跹,风姿绰约,天然质朴,古韵悠悠,令人心旷神怡。

韩湘水博园由古生态园区、古文化园区和农业观光乐园组成,静静地卧在浦江岸边,自然美与人文美交相辉映,完美结合。古生态园区以河道、古塔、古树、景观石、仿古建筑为主要构件,以质朴、清纯、自然、野趣为格调。园内的贵州苑,是从贵州移建,由吊脚楼、盆景园和亲水平台组成。全木结构的吊脚楼具有百年历史和苗族特点建筑风格,置身其间,宛若走进诗里的桃花源。这里还有水生物科普馆以及古桥科普馆。随处可见成片成片的古树,千年古樟、银杏、紫微、木瓜、桂树、对节白蜡、瓜子黄杨等蔚为壮观,各领风骚,相得益彰,构成了一幅苍劲、幽深而又充满活力的古生态画卷。

这里溪流密集,古桥纵横,野趣浓郁,30 余座明清时期所建的从全市各处搬迁至这里的造型美观,风格各异,精致玲珑的古桥或仿古桥,或聚集或潜伏,联结在园区内蜿蜒河道上四通八达的各个景点。有五孔的韩湘桥,单孔的香泾桥,三孔的醒狮桥,还有万全桥、泰顺桥、双桥、缘道桥、吟春桥、外婆桥、丰泽桥、龙凤桥、杨树浦桥、龙华港桥等跨梁式平桥、曲桥、廊桥,每一座桥都有一段令人称道和赞美的人文历史或动人故事。这些桥的望柱、栏板上雕有精细的图案花纹,有莲花、六道轮回、万字等图案,这些古朴厚重的图纹不仅美观,还寄寓了人们祝福、祥和的美好愿望,给古桥增添了不少韵致。有的桥还在每根望柱上仍保留姿态各异、形象逼真的石狮。有的桥上建有木质桥廊桥阁,桥形曲折,可遮阳避雨,桥侧设有美人靠护栏,可供游人休息,凭栏观赏水上风光。小桥流水间的少穆亭、三江红亭、忠靖亭等亭台都以回转黑瓦登场,朱红的雕花木格门窗、青砖铺设的地面,古色古香,彰显着传统建筑的精彩。整个古生态园区河水与石桥相亲、古桥与亭台相连、亭台与古树相依、古树与花草相伴,形成一片充满野趣、布局精巧,透着古朴神秘色彩的园林风光。

这里有重达百吨的巨石,有太湖石、三江石、钟孔石、火山石、灵璧石。有的如群峰巍然,有的似仙女展读,有的像如来打坐,有的恰大鹏展翅,有的更像远航的风帆,给人以鬼斧神工之叹。河水清澈见底,水上水下,分不清哪是倒影,哪是实景。河水中一条条鱼儿,忽明忽暗,上浮下沉,不知疲倦,游来游去,悠闲自在,好不惬意。一艘石帆仿古船,依偎在古桥旁,颇有"野渡无人舟自横"的意境。

走进古文化园区,这里集中发掘和展示了黄浦江文化、马桥文化和马桥历史文化名人。建有黄浦江历史文化展示馆、马桥古文化遗址仿真馆、董其昌画院、黄浦石林以及本地的历史文化名人纪念馆、宗族祠堂等。黄浦江是上海的母亲河。黄浦江从春秋战国时期开挖,到明朝永乐年间基本形成,距今已有 2 000 多年的历史。黄浦江历史文化展示馆系统地介绍黄浦江的形成及在治理中作出贡献的历史人物和有关黄浦江的水系历史事件、文献、文物等,其中包括历史名人范仲淹、海瑞、林则徐等当时给皇帝奏疏、治理工程的碑文及抒情感怀的诗歌散文,向人们展示了历史的厚重和先人的智慧。马桥地区是马桥古文化遗址的所在地。马桥古文化始于距今 3 200 年,分布在环太湖地区,是研究上海历史的重要资料。仿真馆通过仿造的手段把马桥文化先民的生活形态和马桥遗址的地理风貌真实地展现出来。古文化园区还原古文化的空间,营造古文化的氛围,让优秀的传统文化得以延续和发扬。

农业观光乐园以现代农业观光、黄浦江岸农家生活及乡土文化展示、农家休闲娱乐为主要功能,设农业生态展示区、江岸村落展示区、水生经济作物园区、果树种植区、垂钓区、购物休闲街、农家度假村、农业科技展示馆等项目,以传统节日为载体,以民风、民俗、民间艺术为内容,吸引城里人来旅游观光,尽情享受大自然旖丽风光,体验传统的农家田园生活和民俗风情的休闲乐趣,感受江岸的风土人情和农耕文化,其意深深,其乐融融。

秋阳下的韩湘水博园,满树秋叶涂上浓艳,满河清水闪着金光,满地花草层层叠叠,在秋风中摇曳,静静地融合在园区的风景里。丰美的深秋是四季中最有韵味的季节,园中信步,心旷神怡,浮想联翩:憩溪水旁,休亭台间,这般轻轻松松走马观花悠悠地游,细细地品,那形状各异的古道、古桥、古石、古建筑,展示着民族文化的辉煌,营造着原生态的自然美丽与和谐。

广福讲寺巡游记

　　广福寺又名广福讲寺,坐落于崇明岛东部中兴镇东首,七滧河西侧,人称"长江第一寺"。

　　从上海长江隧桥崇明出口沿陈海公路继续西行约 4 公里,到七滧港大桥,便可望见广福寺的大殿屋脊。走进寺院,这里绿树婆娑,古木参天,遮荫蔽日,鸟语花香,景色宜人。放眼望去,黄墙古建筑,正面并列着三扇拱形大门,拱门上的"天王殿""广福讲寺""长江第一寺""咸丰最初香"等大字光鲜夺目,广福讲寺显得雄伟壮观,别具一格。

　　广福讲寺建于清咸丰年间,前身为"武圣殿",依崇明七滧河西而建。寺院道风纯正,寺僧学始天台,行归净土,持戒精严,寺内终年香氲缭绕,信众和游客不断。1921 年更名为广福。1946 年南迁中兴镇,位于陈海公路南边,七滧河西侧。1989 年,时任中国佛教协会会长赵朴初视察崇明,借此胜缘,广福寺开办了上海佛学院二部。为使学院丛林化,香港吴剑青、山西岳兆礼等大护法概施巨资,1993 年起建教学大楼、生活大楼等设施。2005 年3 月27 日,广福寺隆重地举行了钟楼落成暨藏经楼奠基典礼,来自市、县政府部门及佛教协会的领导、海内外诸山长老、各界嘉宾近千人出席了庆典活动。广福讲寺成为崇明岛东部地区的重要佛教活动场所。

广福讲寺自创建以来,高僧云集,文人荟萃,留下了许多动人而神秘的传奇故事。寺内存有不少年代久远的佛像、法器、经幢、字画等历史文物。目前广福讲寺常住僧人、居士有三十多位,寺院主要由天王殿、大雄宝殿、玉佛殿、观音殿、地藏殿、药师殿、三圣殿等建筑所构成,共占地 30 亩,殿宇恢宏,建构有序,布局合理,环境舒适,以使僧人们安心修行,香客和游人可常年自由自在地来朝拜和游玩。

广福讲寺与白墙民居相映和谐,僧俗为邻,相安共处。进得广福讲寺,清静整洁,飞檐翘角,画栋雕梁,别致精美,辉煌庄重。宝塔状样的香炉,袅袅青烟在其间浮荡缠绕。佛殿雄伟,法相慈悲,佛光熠熠,透着灵气。这里阿弥陀佛佛像高大,四大金刚持立两旁,观世音菩萨手持柳仗,大慈大悲,福泽人间。佛庙里香客不断,香火旺盛,庙里备有功德簿,功德箱,接受香客布施,充满了清静和谐的气氛。寺内翠绿的树木和艳丽的花卉交相辉映,衬得庄严佛地更为幽雅秀美。寺庙东侧有一条南北流向的七滧河,河水清澈,水缓波平,在阳光的照射下,闪耀着粼粼波光,宛如一幅壮美迷人的油画。站在寺庙的至高点,还可饱览神奇的长江翻滚泥浪奔向大海。

佛教从印度传入华夏,就与儒、道文化相得益彰,扎下根来。

文殊表大智,普贤表大行,观音表大悲,地藏表大愿,合称佛教重智慧、实践、慈悲、誓愿四大精神。近年来,广福讲寺以弘扬佛教与传统文化为宗旨,广泛开展形式多样的传统文化活动,推动广福讲寺佛教文化活动的不断创新,信众纷纷前往朝拜,香火旺盛,佛事众多,以使广福之名享誉岛内外,佛光慈悲普照大千。

每逢佛圣诞等重大节日,来寺院敬香礼佛参加法会佛事活动者更是如潮涌至,络绎不绝,云集于此。其时,大批香客涌进广福寺,大大繁荣了当地的香市,寺院外布满了临时摊位,各类商品应有尽有,琳琅满目,寺院内外攘攘拥拥,人头攒动,热闹非凡,满大殿是诵经声和缭绕的香烟。

漫步在梵音回荡的广福讲寺内,在那回旋不息、平缓和谐的诵经声中,使我领悟到了人的生命并未飘缈虚无,古刹以出世入世的两种方式,同时不断地提醒和告诫人们,一个人活着,必须首先认真地思考,到底做怎样一个人,或者说,你应该怎样地活着,才对得住珍贵的生命。

身临其境,让人感到佛无国界,佛乃服务,佛在身边,佛在心中。面对那宝鼎耸立,玲珑雅致,香炉里袅袅香烟,烛亭内闪闪红光,耳闻僧人的诵经声和信众的祈祷声,细细品赏,不由令人心生敬意。这里的僧人或在念经做佛事,或在接待香客,轻声细语。这里的僧俗相见,合十点头,彬彬有礼,佛凡两界,如同一体,闹市不喧,佛地不玄,给人一缕世外桃源的静谧。这里可谓是净土宗风,利乐有情。这里充满着哲理和无私无畏无怨无我的奉献精神。这里寄托着人们祈盼嘉神、安定的美好愿景。

七宝古镇的漫思

　　七宝古镇位于上海西南郊,北临华漕沪青平公路,南界莘庄顾戴路,东倚梅陇镇、虹桥镇横泾港。古镇老街靠新街青年路旁,复古的老街广场气度不凡,气派古老,七宝中心广场是其标志性设施,还拥有钟楼广场、蒲溪广场、古戏院等群众文艺活动场所。老街的南大街以特色小吃为主,北大街以旅游工艺品、古玩、字画为主,老街已成为集"休闲、旅游、购物"为一体的繁华街市。老街掩映在花卉、绿树丛中,错落有致,形成了独特的自然风貌和建筑风格。

　　冬日的一天,走进老街,人流如织,古色古香的气韵随风而来。店头街的基本结构是前店后宅,下店上宅,前店面后作坊。漫步其间,原汁原味的古建筑下琳琅满目的现代商铺连成一片,店招林立。每户门面不宽,牌匾却多少透着古朴高悬韵味。听着甜糯的乡音,闻着米糕的香糯、臭豆腐的熏香等味道,其间还出入那些书法艺术馆、皮影艺术馆等文化场所,真给人以其乐融融和岁月交融的感觉,让人不知不觉地便醉在其中。

七宝古镇老街,除了街道两边的商铺,老街还保存着一批有着千年历史的古建筑,这些古建筑,有的规模宏大,有的小巧典雅,翘角飞檐,雕梁画栋,花格木窗,精美别致,以及商铺店牌类的楹联,或古朴雅趣,或文韵斐墨,更有幽默诙谐甚至风流调侃,生动地展现了古镇的历史厚重和文化内涵。

据史料称,七宝镇因寺得名。晋代著名文学家陆机、陆云,人称"云间二陆"。陆氏后人曾建家祠于吴淞江畔之陆宝山,初名陆宝院,后更名陆宝庵。五代时吴越王钱镠巡游驻庵,赐金字莲花经,部曰:"此乃宝也。"因改名七宝寺,三移其址于蒲汇塘之北。宋初七宝里人张泽舍宅拓寺,宋真宗大中祥符元年(1008)志云:"镇无旧名,缘寺得名,寺无他重,因镇推重。"由此,七宝镇正式得名,亦可见当时集镇与城市的名望都同宗教有着千丝万缕的关系和影响。

七宝历史千年绵延,有史可据。然在民间流传着"七件宝"之说,曰:飞来佛、氽来钟、金字莲花经、神树、金鸡、玉斧、玉筷。飞来佛实为南教寺如来铁佛;氽来钟系明永时七宝寺住持僧博洽筹建,传说从河中浮来;金字莲花经乃吴越王钱镠之妃用金粉工楷写成;神树为千年古梓树,在原七宝教寺内,此四件为实物也。而玉斧的传说和建造蒲汇塘桥有关,建桥之初,难以合拱,众工匠无策之际,来一白发老者,顺手拿起桥店家一把斩肉之斧扔于桥下,以垫桥基,塘桥由是得以建成。玉筷说的是古时皇帝赐功臣一双玉筷,能驱毒避邪,功臣将其藏于镇北蒋家桥之东埭桥柱内,后被人盗走,桥柱上遗留下一双筷印。金鸡则说镇北高泥墩下藏有七缸金八缸银,由金鸡守护,而所埋金银须由九子九媳之家方可挖掘。

具有一千多年历史的七宝古镇,是上海地区保存完好的典型江南水乡古镇,由于河道纵横,桥梁密布,临街后面是河道,顺着河道望去,碧水潆回,环境清幽,家家户户都绿枝压河面,或重檐叠瓦,或骑楼高耸,或勾栏亭阁,或近水楼台,层层石级通向河埠,有划船穿过小河时,人景辉映,构成了一幅宁静美丽的江南水乡风光画卷。

七宝古镇,素有"十年上海看浦东,百年上海看外滩,千年上海看七宝"之美誉。七宝古镇不仅记录着这里的过去,更会成为未来发展的"根"。这次来七宝古镇短短半日游,度过一段难忘而快乐的时光,把自己融进这座古镇里,真切地感受古镇之美,被这里的一切深深吸引和征服。在这里,沿河两岸错落有致和各具风格的新老建筑像五线谱上那些跳动的音符,正在演奏一曲激昂的交响曲,给人以和谐、舒心、浪漫、诗意和遐想。

午饭后,当要离开古镇时,忽然间,从那古朴的茶馆里传来一阵悠扬的评弹表演唱声,在古镇回荡,在我的心里漫思。

冬日的和平公园

在冬日的暖阳下,走在街头的行道上仍有些丝丝的寒意,然而当来到位于虹口区东北部的和平公园,这里却是另一番景象。

进入园区,放眼望去,这里的树木花草茂盛,座座屋舍,片片林带,绿黄蓝紫,五彩缤纷,整个园区像似一块调色板。那一棵棵高大挺拔的樟树、松树、玉兰树、棕榈树、黄杨树、竹子等在阳光的映照下显得格外青翠碧绿,姿态优美,生机盎然。而那些落尽树叶的梧桐树、银杏树、合欢树、栾树的枝杆,苍劲挺拔,雄伟壮观。那一簇簇腊梅花、梅花、山茶花和一些不知名的野草花,花姿招展,竞相争艳,光鲜夺目。还有那几棵月桂,绿叶间盛开着一簇簇米黄色的小花,在清冽的空气里,飘来一阵阵幽幽的清香。

漫步林间,映目而来的是深深浅浅的翠绿,充足的水的滋养,让这里的每一棵树,每一株草,都生长得鲜活繁茂。穿过木栈道,驻足或缓行间,更是一番景象。一群群中老年人,有的聚集在广场上或放声高歌或翩翩起舞;有的在湖岸边悠然自得地钓鱼;有的在树林中欣赏着挂在笼子里的宠物鸟；还有三三两两的围坐在一起或下棋、或打牌、或拉二胡、或放风筝，热热闹闹，其乐融融。

漫步湖边，只见一对对青年男女，在湖中划着小船，优哉游哉，在那两岸绿树碧波间，划开水面，波纹荡漾缓缓散开，荡起阵阵涟漪。最热闹的场景那是动物园区，那里是孩子们的乐园，穿着花花绿绿衣服的孩子们与孔雀、猴子、小鹿、小羊、小猪们一起嬉戏，欢声笑语随着寒风飘荡在园区上空。

据介绍，和平公园建于 1958 年，全园占地面积 260 亩，其中水域面积 47 亩，是一座以中国自然园林风格为特色的综合性公园，园内体现中国古典建筑特色的百花馆、水榭、石舫，可供游客傍湖品茗，赏心悦目，公园山、水、建筑、植物，配置相得益彰，风光怡人，景色秀美。

园内的动物岛占地约 10 亩，四面环水而居，狮、虎、熊、豹、猴、梅花鹿等动物迁居岛上，湖面上架设木桥和木栈长桥，湖中种植荷花、芦苇等水生植物，并增设湿地。在植物的配置上，适用自然起伏的地形，采用大量的观花和色叶树种，形成更丰富的"春景秋色"。功能布局上，根据市民活动的特点，进行合理分区和空间组织，形成有动有静，有开有闭的不同空间，强化了公园的服务功能，营造了和谐的游园氛围，成为市民休闲娱乐的好去处。

当离开公园时，太阳快下山了，天边的云彩渐渐浓重，瑰丽的晚霞，染红了树木，娇嫩的新月，将柔情注入水中。在这光焰消隐的转瞬，夜色的幽香，从湖水中、绿树间飘来……

此次和平公园之行，领略了园内的风光，特别是那独特的自然景观，给我留下了深刻的印象——这里的风景无限美好。

渔乡小村魁星阁

　　地处长江入海口的崇明岛,得水土肥沃、生态秀美、人杰地灵之利,孕育了厚重的人文文化,涌现了一代又一代的优秀人士,留下了一段又一段有趣的传奇故事和一个又一个美丽的梦想。

　　据《崇明县志》记载,堡镇南海村,原是渔乡小村,地处偏僻,交通封闭。相传清代中叶,当地有一个名叫施尚珍的德高望重之士,立志改变家乡贫穷落后的面貌,在自家祖宅上开办了一所私塾。有一年,私塾的十八名学生赴太仓州参加考试,结果十七名学生金榜题名,被录取为秀才,震动了乡里。于是,主考官根据"北斗七星之首为魁,阁乃藏书之处"的含义,赐名施尚珍所办私塾为魁星阁。

　　又另据《五滧乡志》记载,南海村二、三队范围,该地区原有七个相毗连的住宅,其格局按照银河系的北斗星(俗称七簇星)排列方位,形似烟斗,又像牛犁,故世称该地区的七个住宅为魁星阁,并留下了"天上有七簇星,人间有七魁星"的美誉。

初春的一天,来到南海村二队,走访了施尚珍的后人,现年92岁高龄的施翠英老大妈。她身板硬朗,耳聪目明,思维清晰,如数家珍地回忆道:"当时的施姓是大家族,我们现在居住的地方一直到南海边,就是魁星阁……"其实,那时的崇明岛南坍北涨并渐渐向东扩展延伸,原先的魁星阁所在地淹没成为沧海,居住在魁星阁地区的人们也被搬迁北移至现在的南海村,魁星阁里的人也渐渐扩散至整个五效地区乃至崇明东部地区,但在南海村一带一直称为魁星阁。老人还说,过去在通往魁星阁的几个宅院附近还有一条小河,小河上有一座小石桥,称为魁星桥,以后由于年久失修,桥被拆除,小河也被填为平地。

在旧时,我所生活的家乡五效地区,由于深受魁星阁历史渊源的影响,有着深厚的文化底蕴,当时有登瀛书院等大大小小私塾10多所,培育了如龚子昌、施尔康、沈洵高等一大批的秀才、廪生等优秀人物,催生着文化事业的兴起,形成了村有小学,乡有中学的格局,五效地区成为当时崇明岛东部地区的文化中心。随之又不断兴建了圣三堂、上智堂、云林寺、东井亭寺、地藏殿等教堂寺庙以及名人故宅二十多处,由此渗透出浓浓的文化底蕴。

如今,魁星阁所在地区仍保持着淳朴的民风民俗。居住在这里的人们,长期受到优秀的传统文化教育和潜移默化的历史文化熏陶,涌现出了许多企业家、实业家、教育家,以及乡贤、文人等知名人士。受此影响,魁星阁一带乃至整个五效地区吹拉弹唱的民间艺人和泥铁木竹等能工巧匠特多,他们凭着日常生活中的耳濡目染,依其赖以谋生的紧迫之感,或祖传,或无师自通地学会和掌握一手技能本领。往往四五个民间艺人组成一个演唱队，就能自编自演出一台戏；能工巧匠们就地取材，利用当地产的竹子编制成箩筐、篮子等生活用品；用本地产的木材做成桌子、凳子、柜子以及水车、手推车和木船等生活用品和生产工具；用芦苇和稻草做出芦芭、芦扉、草盖、草窠等各类精美的生活用品。他们用勤劳的双手传承着"魁星阁"的文化和文明。

魁星阁一带教师特多，几乎每个生产队里都有几名教师担任中小学的教学工作。这一地区每年录取重点学校的高中生和考取名牌院校的大学生的比例也高于其他地区的学生。就这样，"魁星阁"的优秀文化影响和激励着一代又一代有志青年去发扬，去光大。

走进这充满人文气息的水乡小村——魁星阁，千百年沧桑的历史文化浓缩在这片土地上，淡淡的，静静的，耳边仿佛传来书声琅琅，琴声悠扬，和着清澈小河的淙淙流水声，荡漾在人们的心田。

访崇明抗日史馆

　　自从我童年时代记事起,常听父辈们讲过日本侵略者在崇明犯下的罪行,以及崇明人民与日寇顽强作战的故事。然而,听得最多的是,1940 年 7 月 30 日竖河镇遭日本侵略者大烧杀的事件,一直让我记忆犹新。

　　那是在 1938 年 3 月 8 日,日本侵略者千余人从崇明岛中部南边海桥港登陆。从此崇明人民陷入了水深火热之中,一批爱国志士,为保家卫国,同日寇展开殊死斗争。1940 年 6 月 27 日,崇总第一大队第二中队在米行镇渡港桥附近,利用鬼子未爆炸的炮弹改装的土地雷炸死鬼子 28 人。日寇屡遭车毁人亡、损兵折将的挫折后,恼羞成怒,调集上海等地区的大批日寇对崇明中东部地区多次进行围剿,烧杀掳掠,无恶不作。

　　在这次大烧杀中,鬼子兵在汉奸引领下,兵分两路,以装甲车为前导,西起北二条竖河,东到汲浜镇,南至公路,北到老岸,方圆数十里范围内反复"扫荡",见屋就烧、见人就杀、见物就抢,历时一周时间,被杀群众数百人,被烧房屋 4 000 多间,涉及乡镇 18个,一时间,整个岛上被枪声、杀声、哭声所笼罩着……

在这次大烧杀中,最为残酷的是 1940 年 7 月 30 日(农历六月廿六)日寇对竖河镇的扫荡,他们将镇上居民及上早市的农民赶到镇上的城隍庙内,威逼他们交出游击队员未遂,即关闭大门,先是用机枪扫射,再投燃烧弹,致使 120 多人葬身火海,无一生还,其状惨烈之极。此外,百余家大小商店、商摊被毁,1 400 多间居民住宅全部毁于烈火,一座百年老镇变为废墟。

为了让人们世世代代不忘日本侵略者的罪行,2015 年,崇明县人民政府拨出专款,在竖河镇大烧杀旧址修建竖河镇大屠杀遇难同胞纪念馆,以实物、图片、文字、图表等历史资料,把人们带到了那战火纷飞的年代,生动再现了当年崇明人民在中国共产党领导下积极抗日、英勇杀敌、前仆后继、敢于牺牲的光辉事迹。2015 年 9 月,崇明竖河镇大烧杀遗址被列为第六批上海市爱国主义教育基地名录。

秋日的一天,我来到这里参观。那一件件实物、一幅幅照片、一张张图表和一件件珍贵的史料,无不诉说着日本侵略者在崇明岛所犯下的滔天罪行,同时,那一个个生动的故事里,记录着先辈们在民族生死关头用血肉之躯筑成抗击日寇的钢铁长城,以及浴血奋战,团结奋斗的光辉历史,充分展示了抗日军民大智大勇与敌寇周旋的抗战精神,展现出中华民族抵御侵略的铮铮铁骨,他们用鲜血和生命谱写了可歌可泣的壮丽诗篇,为世界反法西斯战争的胜利做出了巨大的牺牲和不可磨灭的贡献。

2015 年是中国人民抗日战争暨世界反法西斯战争胜利 70 周年。70 年来,祖国发生了翻天覆地的巨大变化,中国军事实力雄厚,综合国力大大提高,令人感到扬眉吐气,威风大长。然而,我们一定要牢记历史,缅怀先烈,捍卫和平,把这刻骨铭心的记忆化为力量,为实现中华民族伟大复兴梦而克难奋进。

波光掠影

冬雨绵绵情深深

　　一场秋雨一场凉。中秋刚过,几场飘洒的秋雨之后,薄凉的秋风来袭,转眼便到了冬天。今冬的上海,冬雨接着秋雨淅沥,寒风瑟瑟,路边各色树叶纷纷落下,装点了大街小巷,织成了一条条"彩色地毯"。

　　冬天的雨,不像春天的雨那样阴雨连绵,下个不停,也不像黄梅季节的雨,潮湿、闷热难耐。冬天的雨,似乎来得更加利落,向来是云来雨满城乡,伴着冬日的北风,气温骤降,雨过晴空万里,在明朗温煦的冬阳下,暖意融融,舒适惬意,偶尔还会出现东边日出西边雨或是西边落日东边雨的奇妙景观。

　　冬天的雨,一幅极有韵味的水墨画,色彩简单,线条清丽。雨雾蒙眬中,佳树繁荫,林壑静美,蔚然深秀,精神抖擞。微风吹拂,树上枝叶婆娑起舞,娇俏可爱,尽显柔美姿容。

　　冬天的雨,少了电闪雷鸣的助力,少了风驰电掣的气势,更是没了夏雨的霸气。那曼曼渺渺,柔柔细细的雨丝,星星点点地飘落着,像少女轻轻抚弄琴弦,便是冬雨缠缠绵绵的魅力。

冬天的雨,给大地增添了动人的色彩,细雨如丝如线,如烟如雾,时而随风斜落,时而直入尘泥,这交叉的雨线似乎给大地编织一张巨网,让人着迷,让人陶醉,更是让人神清气爽。刚入初冬,一场雨过后,天空尚未放晴,风却有了一丝寒意,树梢也带来了寒光,申城"满城尽带黄金甲"的景观便翘首可待了。

冬天的雨,洗刷着大地,洗刷着万物,也洗刷着人们的心灵。冬天的雨能撩动人们的心绪,带给人异样的气场,面对那风韵非凡的雨,可以幽思,可以沉默,可以怀想……

冬天的雨,窸窸窣窣地下着,滑过高楼,滑过树丛,滑过房墙,构成了一幅清新透亮,静中有动、动中有静的绝妙图画。冬雨中的溪水缓缓地流着,安详而平静,那些雨点在水面上形成无数不经意的小涟漪,互相交织着荡漾开去……溪岸上,空旷、安静、拙朴,如一块淡青色的山水墨迹。

冬天的雨,更是让农民欢喜。看这雨,麦子、油菜一定会把来年夏天的腰板压弯。看看田野,土地浸润,绿得黑澄澄的麦叶儿欢喜得跳舞般摇曳,丰收的希望孕育在绵绵的冬雨里。

冬雨,淅淅沥沥,柔细而绵长,静谧而含蓄。冬雨,细腻委婉,绵绵似歌。冬雨,水滴世尘,清明天地。冬雨,有多少雨滴就溅起多少期待的生机。

冬雨润着大地,润着万物,更是润在心田。在冬雨中,细细品味,你会觉得,眼前的景,眼前的人,眼前的物,眼前的事,一切都美得令人心醉……

落叶是秋冬精灵

　　秋意渐浓,小河畔、行道旁、公园里、广场上,一棵棵色叶树由青到黄渐次变色,并随风飘零洒落着片片落叶,为暮秋初冬的申城增添了不少美感和诗意。每逢此时,市民出行时不妨放慢脚步,静心感受城市生态回馈的迷人风情。

　　落叶动人。枫树叶红得热烈,银杏叶黄得明亮,梧桐叶紫得艳丽,五彩缤纷,相映成趣,婀娜多姿。在温和的阳光照耀下,树叶上有无数光点的闪烁,金黄色的树叶似乎是已经透明了。它们伴随着寒意的秋风决然地离开枝头,跃入空中,翻转飞旋,纷纷飘落,仿佛千万彩蝶翩翩起舞,潇洒隽逸,优美动人。

　　落叶诱人。眼望那一片片飘到河面绚丽多彩的各色树叶,风儿吹过,随波逐流,宛如一条飘舞的彩带在涌动。在耀眼透亮的阳光倾洒下,满眼金波彩流,在清澈的河面上不停地荡漾跳跃,相映生辉,绽放出诱人的多彩色调。那一片片飘在草坪上或绿树间的落叶,明亮而温暖,生动而有趣,犹如大师笔下一幅充满秋韵的油画。漫步其间,满城秋色萦绕身边,不断地冲击着人们的眼球,更是具有诗般意境的感受。

落叶迷人。淅淅沥沥的秋雨如一层轻纱,经过雨水的洗刷,那树那叶洗得一尘不染,空气也洗涤得格外清新。透过雨幕观落叶,又是另一番景象,蒙蒙眬眬,缥缥缈缈,恍恍惚惚,或壮美,或奇幻,或迷离,更显迷人和绰约。要是遇上雨雪天,空中飞舞着雪花,大地落满树叶,天地相结,合而为一,缥缈而秀丽,成为一幅如梦如幻的画卷。

落叶醉人。瑰丽的晚霞将树叶涂上了一层胭脂般的色泽,娇嫩的新月,将柔情注入林间,在这光焰消隐的转瞬,构成了一幅立体的画。到了夜晚,落叶在朦胧的月色和闪烁的灯光映照下,随风摇曳,变换着各种不同颜色,溢彩流红,浮光跃金,风情万种,陶醉在宁静祥和的景色中,享受休闲时光,让人顿感舒心和清馨。

落叶是秋冬的精灵。有句成语叫"一叶之秋",时下正是观赏落叶的最佳时节,那一片片金灿灿的树叶,在微风送爽中飘飘摇摇,簌簌而下,慢慢飞落,或暂停在枝头,或洒落在地上,或飞舞在空中,色彩斑斓,层次分明,尽情地释放着生命中最后一抹浓烈,安静认真的样子让人肃然起敬,别具一番风情。

落叶最懂得感恩。树有树的因果,叶有叶的归宿。它们深知,叶茂源于根深。于是,在春日和夏季,它们尽情地把青枝绿叶装扮一身,生机勃勃,遮天蔽日,绽放艳丽多姿。到了秋冬,又悄然地落向树根,在大树母亲的怀抱里幸福地做起了又一个枝繁叶茂的梦。

　　落叶之美,美在单纯,美在纯粹,美在给人享受,美在大自然让它回归了本原的色彩。徜徉在秋冬的行道上,踩着厚厚的落叶,似踩在天然彩色的地毯上,柔软、惬意、舒适,别有一番韵味。碧云天,黄叶地,这缤纷多彩的秋色美景与路旁错落有致的高楼大厦和老洋房建筑交相辉映,无不散发出上海都市的浪漫气息。

怡情养性绿冬青

冬青,在众多的花草树木中算是最普通、最平常的树种,在路旁、小区人行道、公园里,随处可见。

然而,在我看来,冬青有着特有的风格和品质,令人敬佩,并对它情有独钟。

大雪纷飞后的冬青,那是冬日里的一抹亮点,与万物萧条形成了鲜明的对照。此时的冬青,它以莹洁、纯净的形式展现自己的英姿,在凛冽的寒风中超凡清丽。

冬去春来,墨绿的冬青抽出了油亮油亮淡绿色的嫩芽,在阳光下熠熠波动,诱人极了,于是便有了春的生机,夏的翠绿。尤其是那雨中的冬青,经过雨水洗刷,更是显现出独特的魅力,那婆娑的枝叶,透明的绿色,鲜亮碧翠,在润润的、湿湿的空气中,颜色越发青葱,给人产生高雅的视觉享受,那分明是一幅让人心爽的油画。

冬青不像杨柳,善于张扬和表现自己,把个春夏秋冬全都写在脸上。冬青给人的感觉是稳健成熟,把对季节的感受写在心里。正是这种原因,也往往成了人们遗忘和忽视的理由,与其他花草树木相比,它的确显得太平常了。

我家小区里那一排冬青,站在窗台上一眼就能望到,时常,有小鸟飞到枝上呼朋引伴,那清脆的叫声,灵动的身影,就像一幅流动的图画。也有忙忙碌碌的蜂蝶嗡嗡嘤嘤,飞来飞去,惹人喜爱。清晨,我偶尔来到窗台高处,出神地回望那青翠欲滴的冬青,静静地看,静静地听,甚至静静地思,让人仿佛置身大自然中,那样愉悦,那样清新。

我喜欢冬青,喜欢它平易近人,默默无闻,乐于奉献的品质;我喜欢冬青,喜欢它绿叶虽平凡,却能春夏秋冬,绽放笑脸,焕发生机和活力;我喜欢冬青,喜欢它无论是酷暑还是严寒,始终潇洒顽强地张扬生命,展示出一片健壮旺盛的浓绿。

灿亮冬日山茶花

　　冬春时节,小区里盛开着大红的或粉红的山茶花,笑靥灿烂,神情怡然,挤挤挨挨梦幻般地轻悬在树梢,挂满了枝丫,在萧瑟料峭的寒风中摇曳生姿,精神抖擞,毫不惧寒,仿佛是天女散花。

　　一树树的山茶花紧锣密鼓地开着,怒放的花瓣成团抱簇,红光烨烨,层层叠叠,紧紧相拥,自信地将昂扬和美丽,落落大方地展示在天地间。含苞待放的花,花蕾尖尖顶上露出丝丝细细的红线条,在清冷的风中微微摇动,宛如淡妆素抹少女嘴唇上的一圈口红,含情脉脉吐红放艳在笑脸上露出一季中最美丽的时刻。

　　山茶花一年四季青枝绿叶。春夏时节,山茶花树枝长出嫩嫩的新叶,仿佛换了一件绿里透着黄色的艳丽新装,容光焕发,充满生机。每逢秋冬之交,走在小区里,便发现一株株山茶花枝上都是含苞欲放的花朵,在绿叶的衬托下,舒展着曼妙的身姿,在风中翩翩起舞。春节临近,在寒风中,满树的山茶花绚丽亮相,那红色的、粉色的,在冬天和初春少有花开的日子里,山茶花给萧瑟的冬季和寒凉的早春增添了一抹抹炫彩与亮色,把小区点缀得像烂漫的春季,让人有暖意融融之感。

山茶花,在公园里、行道旁、小区里以及庭院里,随处可见,而且长在这里的山茶树个头不大,大多都在齐腰高,或高不过膝盖,最高的也只有一人多高。然而,春节期间,我到杭州旅游,行走在马路上,道路两侧,或大街小巷的绿化带,随处可见山茶花,尤其是在杭州植物园里,看到的数株姿态优美,苍劲雄武的山茶花,树龄都在百年以上,树高超过 10 米,树冠有几十平方米,正值花儿盛开,满枝稠密的花朵无以计数,花团锦簇,热情奔放,静谧清雅,瑰丽动人。一眼望去,色彩鲜艳,灿烂夺目,飘逸空灵,颇为壮观,恰似一片红云,在树顶上曼舞,满园芳菲,舒心抒怀,驱散了早春的寒凉。

山茶花,花儿浓密,花样平平,花形简洁。舒展的花瓣,天气越是寒冷,越是开得灿烂、热烈和激情。在漫长的寒冬里,冒雪迎霜,不屈不挠,一茬又一茬,妖娆美丽,风韵十足,浪漫迷人。晨曦,红光跳跃;日暮,彩霞满天,灿亮整个冬天和早春季节。

我喜欢山茶花,喜欢她那身居苦寒,不计得失,始终枝枝靠拢,叶叶相覆,热情洋溢,红心似火,奋发向上的情怀……

我喜欢山茶花,喜欢她那不高傲、不炫耀、不张扬,无比纯洁,平易近人,默默无闻,乐于奉献的品质……

我喜欢山茶花,喜欢她那浓而密,翠而亮,秀而葱,娇而媚,充满生机和活力,以及盛开在冬春里给人带来的温馨。

家乡田螺记情怀

每到春耕时节,就会想起小时候家乡崇明的田螺。

田螺,也称为螺蛳。春分前后,气温渐渐回暖,田螺在春雷阵阵、春雨绵绵中纷纷从河沟的水里爬出,在春水清冷的河沟边沿上舒展、缓行,形成浩浩荡荡的队伍,倒映在平如镜面的河沟水中,像人们外出踏青的样子,有着春天的欢欣和喜悦。

春分到清明前后,是田螺一年中最肥美的时节。此时,正值水田刚犁过,正准备插秧,才犁好的稻田,水浑泥浊,待沉淀一夜之后,就泥平水清了。次日晨曦初露,春寒料峭,我们结伴,拎着竹篮下田摸田螺。此时,清浅的水田里,密密麻麻,星罗棋布地爬满了田螺,它们正伸着软足,顶着硬壳,嘴里吐着小泡泡,十分可爱。那黑压压一片片、一簇簇小精灵似的田螺,成为春日乡村一道独特的风景线。此情此景,诱使人们迫不及待地卷起裤腿,脱下鞋子,不顾早春的清冷,下田去摸。其实,说是摸,实则是用两只手捧,用不了多久,就会满载而归了。这也是孩子们最为欢愉的时刻。

满竹篮的田螺拎回家后,将个头大的挑拣出来,小心翼翼地放在盆里,加满清水,待作食用。大约经过一天时间,二到三遍的换水清洗,田螺就会吐净体内黏液,即可食用。此时炒熟的田螺,没有土腥味,再加上那时的环境没有任何污染,田螺肉的味道特别鲜美纯正,可谓是一道让我们馋涎欲滴的美食佳肴。剩余的小的田螺及田螺壳用榔头敲碎,拿去喂鸡鸭,鸡鸭吃了田螺壳后会增加钙质,使蛋壳坚硬,鸡鸭肉和蛋的营养更丰富,味道更鲜美。

那时候的田螺是摸不光的,它的繁殖率极高,但遗憾的是,随着农田使用化肥和农药之后,生态环境起了变化,水稻田里的螺蛳渐渐地减少了,有的田间甚至已近灭绝,只是在河沟边还能看到极少的田螺。这也使我想到,现代社会的文明进步总是以一些东西消失灭绝为代价,这是我们处在现代社会中每个人不得不面对的无奈现实。然而,小时候在初春的寒风中下田摸田螺时嬉笑打闹的情景犹在眼前浮现,那飘散在春风里四溢的田螺清香始终在我的记忆深处。

赏心悦目红石楠

　　春季是个美好的季节,天气回暖,万物复苏,百花争艳,让人陶醉。然而在我们居住的小区里,种植着一片片似花非花,非花却胜似花的树,那红红的叶子喜气洋洋地在绿枝头上绽放着笑脸,层层叠叠,挤挤挨挨,如火似霞,烂漫四季,宛如彩带,鲜艳夺目。每当看到这片树,总让我目光停留,驻足观赏,在心中涌起一阵涟漪。经请教花工师傅后,才知道它的树名叫红叶石楠。

　　这红叶石楠是一年四季不落叶的常绿小乔木,而且栽培容易。红叶石楠树形秀美,叶色奇特,刚长新叶时,叶芽是红色的,就像刚出生的婴儿的皮肤,粉嫩粉嫩的,煞是好看和有趣。大约一个月后,它的茎干呈紫青色,而叶子则红中带绿,犹如一串串玛瑙悬挂在枝头,紧接着树叶渐渐地变幻成深绿,一茬又一茬,红了又绿,绿了又红,循环往复,永不凋谢。

　　每逢几场春雨过后,青绿色的枝条上,便鼓出一粒粒褐红色的小芽苞,穿透一缕阳光铺洒的融融温情,蒙上一层淡淡的金光,明艳着我们的视野……转眼间,仿佛一夜工夫,就长出红红的嫩叶,红得浓烈,红得艳丽,红得奔放,红得蓬勃,红得神采飞扬,迎着春风摇曳生姿,昂首挺胸,远远望去,如一片片火焰,在阳光下燃烧,壮美无比,分外妖娆。

那一片片红叶石楠,一路努力吹吹打打地展露新姿,那鲜艳的红叶和娇媚的绿叶,交相辉映,相映成趣,错落有致,置身其间,仿佛置身花海中。当阳光照射其上,那红色、绿色闪烁跃动,美不胜收,让人沉醉。微风拂过,那片片怒放的红叶随风舞动,宛如上万只停立在枝头上展翅欲飞的蝴蝶,期待着蓝天的召唤。

红叶石楠作为景观树,为了保持树形的美观,花工们总是不停地每隔三四个月就将树枝和树叶进行一次修剪,控制其长高长大。然而,那枝叶却剪了又长,长了又剪,仿佛强劲的生命力谁也无法阻挡,始终保持着年轻的容颜。

春日里,风和日暖,阳光如瀑,徜徉在曲径通幽的小区里,顺着一条蜿蜒小路,一湾清澈的溪水,不染一尘的田园气息,让人的思绪如乡野的风,自由奔走。放眼四周,各种高低不同,色彩艳丽的花草花树,竞相开放,那一片片泼红嵌绿的红叶石楠散落其间,树叶儿静静蓬勃,刚柔相济,流光溢彩,让人清新自然、恬静散淡地感受这般美妙。

小区有了这一片片烂漫的红叶石楠,晨曦,红光跳跃,日暮,彩霞满地,显得充满生机和活力,不仅可以阅尽四时风貌,赏够鸟语花香,更可以让沾满世俗习气的身心得到清洗和安放。

悠悠春风吹乡愁

　　春意盎然的四月,正是赏花踏青的好时节。四月上旬的一天,风和日丽,来到崇明故乡。车在公路上行驶,透过车窗,一眼望去,天空蔚蓝,阳光和煦,风光清丽,春意正浓:娇艳欲滴的桃花、洁白如雪的梨花、灿若金毯的油菜花成片盛放;绿油油的麦苗儿随风摇曳,绿波荡漾;头戴草帽的村民们正在田间劳作,有的锄草,有的施肥,有的松土、浇水,宛如人间仙境,唤醒悠悠乡愁。

　　四月是春和景明,万物复苏的好时节。行走在充盈着诗意的春意中,置身于风光旖旎的大自然美妙景色里,脚下的小径和眼前的绿树红花,处处焕发勃勃生机和活力。春叶嫩绿,青翠欲滴,繁花似锦,竞相绽放,连接成一片五彩斑斓的组合,就像一块彩色绸缎在春风中涌动,掩没了村庄的屋舍和农家院落。结伴而至的游人和摄影爱好者,来到这里放飞心情,一路观赏、拍照,呼吸着大自然的清新空气。

　　徜徉在密布如网的河沟沿上,种在村民宅前屋后的各种蔬菜,在春信子的召唤下,嫩嫩绿绿,繁茂葱郁,洋溢着生机。那些马兰头、野荠菜,一簇簇散布在田间、河沟边、路旁,清香诱人。那河沟沿一排排高耸挺拔的水杉,长出娇嫩的绿芽,在阳光下格外艳丽夺目,妩媚动人,养眼润心。那几棵柳树,枝繁叶茂,婀娜多姿,清风吹拂,带来阵阵清香。柳枝摇曳,柳叶飘洒,那优美的娇姿,赛过西施,胜过媚娘。那河沟水晶莹碧透,青青的水草,在水流的揉抚中,轻轻扭动、伸展。那些可爱的小鱼、小虾轻快地摇动着尾巴,时而浮出水面,时而又倏地窜入水底,躲藏得无影无踪。还有那清澈见底的河沟水中冒出一株紧挨着一株,如一根根春笋,稠密纤细毛茸茸的芦芽,让人有陶醉之感受。

来到一片葡萄园,视野所及之处,密密匝匝,竖立着成百上千座葡萄架,一条条缠绕在架子上的藤蔓已经蓄势待发。不远处还有一排排草莓种植大棚,满棚红绿相间,娇艳欲滴的草莓吸引着人们的眼球,空气中弥漫着浓郁的清香和故乡泥土特有的气息,沁人心脾。

故乡春天之美,美在古朴,美在自然,美在生态,美在一幅永不褪色的风景画。走出村子,来到堤岸眺望,天空晴岚薄透,白云飘荡,一阵阵微风从开阔的江面上吹来,缓缓滚动的江水在阳光下波光闪闪,细浪拍岸轻唱,江面上渔舟点点,成群的海鸥在空中盘旋低回,一望无际的滩涂植被丰茂,接天连水,随风摇曳,野趣天成。此时,长江里的波涛声,飞鸟的鸣声,风打芦苇和草木发出的气声,交织成一首和谐的乐曲。往北望去,村子美景一览无余,河沟两边绿树成荫,景色宜人。新栽植的树木成排成行,郁郁葱葱,苍劲有力,生机盎然。一只只白鹭正在田间自由自在地或觅食,或嬉戏追逐,或在蓝天中展翅翱翔,美丽动人。一排排翡翠般枝叶的香樟树,一片片金黄色的油菜花,一块块青枝绿叶的麦苗,一幢幢造型别致的民居,还有那冉冉升起的袅袅炊烟,一切都定格在浓浓的春色里,构成一幅美不胜收的图画。

走进故乡春的怀抱中,处处都新鲜,新鲜的天,新鲜的云,新鲜的风,新鲜的水和土,新鲜的树和草,满眼都是绿油油的树,满眼都是争奇斗艳的花,满眼都是让人心旷神怡的美景,不由想起唐代诗僧皎然写的一首《春》诗:"春日绣衣轻,春台别有情。春烟间草色,春鸟隔花声。春树乱无次,春山遥得名。春风正飘荡,春瓮莫须倾。"一句一幅春景,一句一种春情,带来喧嚣的都市中所无法产生的浮想遐思,心中充盈着新的感悟和幸福,我的愉悦和满足感油然而生。

记忆中的昂刺鱼

昂刺鱼,在我的家乡崇明岛上叫汪嘎郎。不知为何取这个名?也许是因为昂刺鱼离水时会发出嘎嘎的叫声而得此名。但是,记得小时候,人们对昂刺鱼是人见人怕的东西,由于昂刺鱼身上的两鳃和背上的三根刺特别坚硬锋利,捕捉时稍有不慎就会被刺伤皮肤。我们那时在河沟里捞鱼摸蟹时,经常被昂刺鱼刺破皮肤而疼痛好几天,有时还会发炎。而且昂刺鱼多的河沟里,小鱼很少,都被它吃掉了,因此,昂刺鱼不受人们的欢迎,捉鱼时见了躲开它,进了渔网后也会把它扔掉的。

昂刺鱼,繁殖率极高,在家乡可谓是有水的地方就有鱼,有鱼的地方必定有昂刺鱼。而且昂刺鱼的生命力特强,尽管近年来化肥、农药的侵害,许多有名声的鱼虾从河沟里消失了,有的几乎已灭绝,然而昂刺鱼却依然活得欢跃,自在,潇洒。

如今,随着人们生活水准的提高,过去一些不起眼的东西,现在成了人们喜爱的绿色营养食品,连那过去人见人烦的昂刺鱼也不例外;如今的昂刺鱼,不仅比过去的肥大壮实,而且连身价也比其他河鱼要贵好几倍。

但是,自小生长在崇明农村的我知道,尽管现在集市上的昂刺鱼个头壮实,而且色泽好看,但却是养殖的,其味道和营养远不如河沟里野生的。生长在河沟里的昂刺鱼,虽个头要比养殖的小得多,颜色也没有养殖的好看,但肉质细腻,无论是红烧还是煲汤,味鲜肉嫩,营养价值也要比人工养殖的高得多。

每当我品尝着昂刺鱼的浓香味道,就会把我的思绪带回到了美丽的故乡崇明,回想起小时候捉鱼时见到昂刺鱼的情景。然而,那欢呼雀跃捞鱼摸蟹的日子是再也回不去了,唯有记忆中的粼粼水光、河边风景和捉到昂刺鱼的情景依然在心中久久萦绕……

难忘当年插秧忙

当年我在海军部队服役,部队有一个农场在辽宁盘锦大洼地区,主要生产水稻,目的是为了减轻国家负担,缓解部队粮食不足问题。因此每到春季播种和秋季收割时,都要从所属部队抽调人员进行抢种、抢收。

当年的盘锦,各方面条件相当艰苦,民间流传着这样的顺口溜,叫作:盘锦大地红烂漫,土墙草房泥土路,茫茫一片芦苇荡;常年刮大风,难见晴朗天;出门风夹灰,雨天一身泥。还有一句是说盘锦大地有四大怪现象,即:马车要比汽车快,大姑娘也叼旱烟袋,老母猪系上裤腰带,糊窗纸儿贴在窗户外。这是对当时盘锦环境和百姓生活的真实写照。

1979 年 5 月,我任扫雷舰副政委,带领从各舰艇抽调的 30 名官兵来到盘锦农场完成插秧任务。靠这 30 人要在 40 天内完全用手工完成 120 亩的整地、拔秧和插秧任务,工作量当然是十分繁重和艰巨的。再加上官兵们的伙食标准由舰艇灶每天 1 元

2角3分改为地勤灶每天4角3分,以及大部分战士都是第一次参加插秧,有的甚至连秧苗都没见过的,这无疑给完成任务带来极大的困难。

插秧既要体力,还要懂技巧和有耐力。所插的秧苗既要横平竖直,整齐划一,又要深浅适度,太深了,则成活慢;太浅了,则会漂浮在水面上而不能成活。于是,我根据自己入伍前在家乡种过稻、插过秧的经历,与大家商量,将30人按照熟练程度和根本不会插秧的进行搭配,组成三个互帮互学小组,结成一对一或一对二的帮教对子,开展比学赶帮的竞赛活动。同时,为了尽快提高插秧技艺,还特地请来小老乡,时任农场会计员的梅荣和司务长肖勤煊作现场指导,传授技艺。在他俩的精心指导下,大家很快掌握了插秧要领,并增强了信心,增添了干劲。

5月的北方,早晚气候还是很凉的,但是因为一切农作物的播种到收割都有它的生长过程和生长周期,早了不行,晚了也不行,否则都会影响它们的成长和收成。于是,为了不误农时,天还蒙蒙亮,我们就迎着寒风、踏着露水出工了。大家按照整田、拔秧、挑秧、插秧、护苗和补苗的程序,有条不紊地进行着。尤其是到了插秧阶段的一个多星期内,官兵们起早摸黑,光脚踩在烂泥里,进行紧张有序的拔秧、挑秧、插秧,30人每天要完成20多亩地的插秧任务,常常为了不失时机而争分夺秒,连中午饭都在田头匆匆吃完后便急速地赶回田间,直到太阳落山,余晖褪尽,才依依不舍地爬上田埂。最后几天,还要进行护苗和补苗,就是将被风吹倒的秧扶正,将被水冲掉的秧补上,一直到秧苗全部长直长齐才算保质保量地完成任务。

就这样,连续奋战 40 天,尽管官兵们个个累得腰酸腿疼,浑身上下像散了架似的,有的因挑秧而磨破了肩膀,有的因插秧而磨坏了手指,有的被蚂蟥叮咬得满腿红肿,个个脸上都被晒成了古铜色,大腿以下皮肤犹如黑炭。但是当大家看到那一片片映着天光云影的齐刷刷、绿莹莹的稻苗像"绿色地毯"似的铺满了田间,嗅着稻苗的清香时,心里就美滋滋的浑身也不那么酸胀疼痛了。

盘锦农场插秧,既是一次劳动锻炼,更是一次情意的结合。如今,三十余年的时间如流水逝去,但当年插秧时那精神饱满,你追我赶,相互帮助,同心协力,默契配合,其乐融融的情景,以及那波光滢滢的稻田里混杂着泥土的腥味,青苗的甜味……却时常荡漾在我的心间。

崇明岛羊肉米酒

提起崇明老白酒和甜酒酿(崇明当地人称酒粆),在上海地区乃至江苏的启东海门等地,可谓是家喻户晓、人人皆知。崇明人自制白酒始于元代,至清代康熙年间,崇明老白酒被誉为"名扬江北三千里,味占江南第一家"。拥有 700 多年悠久历史的老白酒,崇明岛上的农户人家几乎家家都会酿制,人人都会喝。如今,崇明老白酒传统酿制技艺已被列入"非遗"。然而,对于"羊肉酒粆"却无人知晓,连崇明本地人也很少有知道的。其实,在旧时,崇明岛上就有做"羊肉酒粆"的,并曾经在堡镇等地区流行一时,直至 20 世纪 60 年代渐渐地消失了。

"羊肉酒粆"的制作过程很简单,与做甜酒酿(酒粆)基本相同。将煮熟的羊肉去除骨头,切成豆粒大的小块与米饭搅拌均匀,再洒上酒药,放置"酒粆缸头",将草盖盖上,把它安置在草窠里,盖上厚厚的棉被保温。大约一个星期后,这"羊肉酒粆"就成功了,掀开草盖头,阵阵酒香扑鼻而来,弥漫整间屋子,分外诱人。

这"羊肉酒粄"的卤汁特别的鲜与甜,其羊肉也上口,无半点羊膻味,未尝心已醉。

中医认为,"羊肉酒粄"选料纯真,营养丰富,其有阴阳双补之功效,常吃"羊肉酒粄"皮肤白嫩,气血顺畅,强健身骨,延年益寿。因此,当时在崇明岛上,上了年岁的老人把它当作冬令补品来食用,许多少妇更是将它作为养颜润肤的佳品。

近日,享有 2010 年世博会特许供博产品声誉和中国米酒之王著称的"农本牌"农家崇明老白酒生产商——崇明农家酿酒有限公司,为了使这一行将失传的传统工艺发扬光大,根据"羊肉酒粄"的配方精心研制成"羊肉米酒"。其制作方法和操作过程与传统崇明老白酒相仿。首先,在选料上以精选本地优质糯米和本地白山羊为原料。值得一提的是,由于崇明地处江海交汇处,气候温和,日照充足,四季分明,空气纯净,土壤肥沃,而在这得天独厚的自然生态环境下,其原料本身就是地地道道的绿色食品。酿酒用的水,采用长江二级原水加工成原料水,再经过八道环节,对水中氯、有机汞等影响米酒酵母菌生存的有害物质进行离子处理,以使达到接近太空水的水质标准。其次,在制作过程中,沿用古老而独特的传统工艺发酵酿造。经过浸米、淘米、蒸米、淋饭(即对蒸好的米饭进行清洗,让米粒分开)、拍饭和浦水等工序,连同煮好的羊肉去骨,切成豆粒大的小块与米饭、酒药搅拌均匀,放入缸内,用棉花胎或草盖压好缸盖,缸外面用稻草围住,绳子扎紧,封缸保温,让酒药有效地发酵。这样,大约经过 10 来天的发酵,香喷喷的大米和鲜嫩的羊肉便酿成透明晶莹、芳香幽雅、味醇甘鲜的"羊肉米酒"。再加上崇明湿润的气候成就了优质老白酒,离了岛,相同原料和配方,酿制出来的酒品质大相径庭。

"羊肉米酒"的酒精含量也与崇明老白酒一样,一般为 16 度左右。然而,"羊肉米酒",品在口中,香味更纯正,酒质更地道,风味更独特,是一种不加任何添加剂的绿色营养保健酒。而今,还进行科技攻关,对酿酒的酒曲、温湿度以及用水等进行研制和改良,以使从根本上解决传统老白酒"后劲绵长,喝后头晕目眩不适之感和保质期短"的缺憾,深受人们的喜爱。

"立足上海是昨天,面向全国是今天,辐射海外是明天",这是农家酿酒有限公司董事长俞建荣发出的壮语,也是农家酿酒有限公司的经营理念和发展目标。在我国的传统文化中,"羊"与"祥"通,象征着祥瑞、吉利,与羊有关的羊肉米酒,亦有吉祥、美好的寓意,愿人们喝了崇明羊肉米酒吉祥美好。时下,崇明"羊肉米酒"越来越引起崇尚健康人士的关注和青睐,品牌的知名度和影响力日益提升,正在香飘海内外。

留在心中那座桥

  有着 1 300 多年历史的崇明岛,地处万里长江入海口,岛上水系密布,河网如织,河道上架有许许多多的桥,有的随着时间的流逝而淡忘了,可那座红领巾桥尽管已拆除了多年,依然深深地情漾在我的脑海中,难以忘怀。

  一个路名,一座桥名,是一个地区历史文化的标识。红领巾桥,位于南堡镇与北堡镇的交界处,横跨在大通河上,建于 1958 年。如今,虽已拆除 20 余年,但提起红领巾桥的名字,在崇明岛上,65 岁以上的人,可谓是记忆犹新,情有独钟。该桥建造有着一段特殊意义的经历,那是岛上的学生以劳动所得筹集资金而建成的,故命名为"红领巾桥"。

  记得当年我读小学三年级,为了筹集资金建桥,我所在的四洨小学号召全校学生捐款捐物,要求人人为建桥出一份力,有钱的捐钱,捐不出钱的拣废铜烂铁及砖屑石子等物,交由学校统一回收,集中捐献。同时,为了能按时保量完成集资任务,学校把数量指标下达到各班级,再由各班级分解到每个同学,并确定完成任务的时间。

接受任务后,同学们积极响应,热情高涨,纷纷利用星期天、节假日,全身心地投入到捐资活动中。那时候,农村生活条件贫困,很少有同学捐钱的,大多数同学都是捐废铜烂铁或砖屑石子之类的物资,于是,大家到房前屋后或路边或江边去捡拾。众人拾柴火焰高,不到一个月时间,就完成了任务。

筹集到了资金和物资,"红领巾桥"很快就建成了,原来那条狭窄的小木桥,转眼间变成了一座宽敞的可载公交车的木结构砖屑碎石铺面的桥,两旁还有护栏,"红领巾桥"四个鲜红大字横挂在中央,放眼望去,大通河犹如一条绿色飘带,轻舞飞扬,桥上车来人往,川流不息,一片繁忙景象。沿河老街、商铺、民宅、绿树、田园,以及在桥旁河道边,有少妇老妪在一座座"水桥"上洗刷衣被之物,影影绰绰,相映成画,一派风光无限。一时间,红领巾桥成了岛上一道靓丽的风景,更是给这座古镇平添了几分妖娆。刚建不久,学校还专门组织学生参观,以后,每次去堡镇,也总要去看看,为之骄傲。

20世纪60年代后期,随着车流量的不断增多,由原来的木桥改建成了水泥桥,碎石铺设的桥面也比以往更宽敞、更坚固。1969年我参军离开家乡,至1993年转业回地方,在部队23年,期间,我记得第一次探亲回家乡路过时看到离别三年后的这座桥,令我兴奋不已,心中充满着无比的愉悦和自豪。

然而,20世纪90年代初,因城镇改造,道路拓宽,这条曾经贯穿崇明岛西至东三江口,东至兴隆镇(现为堡镇瀛南村)的大通河由新开的横引河替代,流淌着数百年江水的大通河断断续续地被填平了,原来的碎石路和河面铺设成为一条车水马龙的柏油大道,倾注着学生们片片深情的红领巾桥也被拆除了,从此,这座有着特殊意义的桥永远从人们的视线中消失了,留下了深深的遗憾。

俗话说:"人过留名,雁过留声。"岁月荏苒,如今 20 余年过去了,红领巾桥虽已不见了踪影,但这里的名字没有变,人们仍然把这一路段叫红领巾桥。红领巾桥那饱含深情的名字连同这里的水上风景和沿岸风情永远珍藏在了人们的心中。

保存历史,挖掘历史,传承历史,是我们全社会的责任和义务。近日,经由自己回忆及寻访了一些朋友和家住附近的老人,便记录下此文,也算是用文字留住红领巾桥的情,了却一桩心愿吧。

遥想当年喊火烛

每到夜晚入睡前,就会听到小区里传来一阵阵"门要关好""窗要关牢""煤气要关紧"的告示声,便让我想起当年在家乡崇明岛乡间的"喊火烛"。

20世纪60年代之前,崇明岛上农家还未通上电,到了晚上,老百姓照明靠煤油灯,取暖用烘缸。那时,每当春节来临之际,村上一两位年长的热心人,他们自发地、不计任何报酬的担当起"喊火烛"的义务,从吃腊八粥的晚上开始,一直到正月十五,每晚到了人们入睡前后的夜深人静时,他们便不顾寒冷,顶风冒雪,行走在乡间的小路上,手敲竹筒,边走边喊:"火烛小心,夜夜当心!"笃、笃、笃、笃、笃、笃!"灶口头要弄清爽!""热灰勿要倒勒羊棚里!""灯盏勿要挂勒芦壁上!""烘缸勿要放勒被窠里!"……这清脆、洪亮的敲竹筒声和叫喊声划破宁静的夜空,传遍乡村的四面八方。

那时候,"喊火烛"的内容,主要是为了防止火灾的发生。因为当时岛上人家住房大多是草屋,而且四周堆的又都是稻草之类的柴禾,而"煤油灯""热灰""烘缸"等都是易燃的物品,再加上冬天气候干燥,尤其是到了过年期间,家家户户都忙着蒸糕等,容易引发火灾。除此之外,"喊火烛"的人,还会因地制宜地自编一些其他内容,如他们经过有小孩哭声的人家,便会喊些"小孩勿要捂勒奶头荡"之类的内容,以提醒大人看护好小孩。即使是如此这般的提醒和提防,但火灾的事,在岛上却时有发生。在放学的路上,时常看到火灾的场景,几里外火光冲天,这必定是草屋失火了。每当这时,路上的行人总是驻足焦急的遥望,真是胆战心惊。

当时在民间还流传着这样一个传说,"喊火烛"是为了防范火神。因为火神爷闻到了腊八粥的香味,却没有吃上,心里非常窝火,要放火烧老百姓的房子,让大家过不好年。当然,这是一种传说而已。其实,当时的岛上百姓最怕是潮没和火灾。俗话说:"潮没精光,火烧半光。"由此可见,火灾在百姓心中是极为严重的险情。但在我看来,不管是如今的"门窗要关好"的告示声是为了防盗防偷,还是旧时的"喊火烛"提醒人们防止火灾的发生,都是一种值得倡导的有意义的民风民俗。

壁画新花瀛洲开

　　日前,崇明县残疾人联合会和崇明瀛洲壁画研究院在崇明美术馆共同举办"移动壁画"展。中国残联、上海市残联,以及崇明县政府、文广局等各界领导和有关人士 300 多人出席,并参观展览,气氛热烈,赢得了社会各界的高度评价,让大家共同度过心灵更澄澈的美好时光。

　　近年来,崇明县残疾人联合会以社会主义核心价值观为理念,以弘扬人道主义精神,发展残疾人事业为宗旨,将崇明瀛洲壁画研究院创造的具有民族特色、运用新型技法的"移动壁画"引进全县 18 个乡镇的阳光心园,为残疾人开设"移动壁画"培训课程,取得了可喜成绩。

　　获得国家非遗项目和专利证书的"移动壁画",以普通的纸面石膏板为载体,画笔是用棕榈树枝杆间的木质纤维以手工自制的,用它画出的画,线条苍劲有力,水墨分层明显,视觉穿透力强,开创壁画新技法。从而,为物质生活比较清贫的残疾人提供了学习绘画的机会和创造了有利条件。他们在石膏板上作画可以反复修改，反复填色，同时改变了壁画不可移动的缺陷，可以方便地在不同环境中充分进行展示，为进一步探索非遗传承和发扬光大崇明本土优秀文化以及传播残疾人的绘画作品提供了极大的便利和广阔的舞台。

阳光心园的学员们在绘画老师的精心指导下，通过临摹与创作，画出了许多优秀的作品。这些作品，具有强烈的时代气息，反映了生态岛建设的丰硕成果，更是展示了广大残疾人深爱宝岛家园的江海风采和时代情怀，以及他们勤劳、刻苦、自强不息的精神风貌。

"移动壁画"的老师们，他们对绘画艺术可谓是情有独钟，在为阳光心园学员的培育、提升等方面，倾注了大量的心血，付出了宝贵的时间和精力，从而，使他们彼此之间在体验动手乐趣的同时成为难舍难分的艺术知交。

"移动壁画"走进阳光心园，让残疾人真正体会到了劳动的光荣。学员们在绘画艺术的熏陶下，心情得到了愉悦，身心得到了提炼，精神得到了康复。从而，使他们提高了趣味，陶冶了心性，开启了境界。

这次展示的近 200 幅内容丰富，生动活泼，散发着浓郁的崇明岛特色及生活气息的作品，给广大绘画爱好者奉上一席艺术盛宴的同时，也让人们共同分享残疾人多彩的生活和美好的人生。

家乡的雕花木床

　　过去在家乡崇明岛，老百姓睡的床，都是老式木制并正面雕花镂空许多瑞祥饰纹，有各种各样的人物、花卉和动物图案，人物大都以戏曲人物为主，有戏金蟾的刘海、普度众生的观音、长命百岁的寿星等。花卉动物则有龙凤呈祥、松鼠吃葡萄、喜鹊登枝及梅、兰、竹、菊之类的透雕、浮雕。这些精致的图案，精巧的制作，线条流畅，形神兼备，姿态各异，栩栩如生，给人以视觉的享受。

　　一架雕花床，要占大半个房间，床上三面围栏，床内一年四季挂蚊帐，床前有踏板，踏板两侧用来放置马桶、鞋柜、衣柜等物件。

　　雕花床的用料因家庭条件而定，在农村一般人家都是用松木、杂木之类的做原料，结构也较简单。但是条件较好人家的雕花床，不但用料都是上等的榆木、红木之类的名贵材料，而且床的结构也十分讲究，除了床比一般宽大些，连床前踏板都有围棚，形成一张床外套棚，围棚上面同样有雕花，而且还有用彩色的，显得豪华气派，精美绝伦，这样的一张雕花床可以让几代人享用。

　　过去在乡间,哪家青年结婚,总要请木匠、雕花匠(崇明人称椠花匠)、油漆匠忙上几个月。首先要让木匠把床的框架做好,花板配齐;然后请雕花匠将花板上的花雕刻好;最后一道工序是由油漆匠进行油漆。这三道工序全部完毕,一张崭新的雕花床就算大功告成。

　　那时的雕花匠技艺都是祖传的。由于雕花技艺复杂,设计、绘画、打样、雕刻等工序繁多,能成为一名师傅,少说也得花上七八年时间才能完全掌握。因此,凡是能出来揽活的他们个个都是能工巧匠、技艺精湛、做工精细、工艺精美,而且无论木料的贵贱,雕出的花却都是一样的,以使那笨拙无神的木料仿佛被注入了生命,木雕人像动作神态栩栩如生。在雕花匠们的心里,每一件雕花都当作一件精致的工艺品进行精雕细琢,步步到位,马虎不得,这也是海岛乡村艺人普遍遵循精益求精作品声誉的传统观念和基本准则,只有这样,才能使这一门传统工艺得以扎根生存和传承。可见,雕花匠,需拥有文史功底,精通设计绘画,熟练掌握浮雕、镂空雕、立体雕、人物雕等各种雕刻技艺,并形成独特的艺术风格。一张雕花床,从中反映了我国劳动人民的高超工艺和民间的木雕文化,可见传统文明之一斑。

　　那时的雕花床图案内容,应时代的发展变化而变换内容,不断进行翻新,顺应时代潮流。在20世纪六七十年代,受"文革"影响,将床上的龙凤吉祥、花草虫鱼、梅兰菊竹等图案作为"四旧"之物,进行清理,有的被拆除掉,有的用油漆盖掉,有的干脆换成白板,取而代之的是用红纸写上"大海航行靠舵手,万物生长靠太阳"之类的内容贴在白板上。

20世纪七八十年代,物资比较缺乏,农家几乎没有做家具的材料,年轻人结婚用床,要凭票供应,得事先到供销社登记订购,但经常会遇到因货源不足订购不到床而拖延或影响婚期。因此,那时候,有不少青年为结婚买不到床而发愁烦恼。

进入20世纪90年代后,随着经济的发展,物质条件的提高,人们思想观念也发生了改变,市场上各种家具琳琅满目,丰富多彩,种类繁多,尤其是床的式样,除了中式之外,法式的、欧式的、西式的比比皆是,任你选购,年轻人结婚再也不用雕花床,老式的雕花床退出了历史舞台,不断被流行的家具替代。雕花匠也已改行转向其他行业,这一老祖宗留下来的传统手艺面临失传局面。但在我看来,尽管那些家具式样新颖,可都是千篇一律用机制直接拼装成的,少了些智慧和趣味。旧时雕花床的那一份温馨记忆是永远抹不去的,那一份眷念情结深深地扎根在我们这一代人的心中。

白沙枇杷花果艳

　　钱氏枇杷种植专业合作社，位于上海青浦区朱家角镇盛家埭，种植着 100 多亩白沙枇杷。这里河光秀丽，气候适宜，空气清新，景色宜人，为白沙枇杷生长创造了自然舒适的良好环境和独特条件。

　　初夏的一天，来到枇杷园，这里河道纵横，田园上白鹭低飞，屋檐下燕子穿行，好一派江南水乡风光。这里处处充盈着优雅、静谧的生态气息，显示休闲与环境、生活与自然之美的结合，彰显梦幻天堂的诱惑和魅力。我们在果园主人钱根龙的引领下，沿着蜿蜒的河边小路前行，耳边传来溪水的潺潺声，随着脚步的深入，一片片枇杷树从深藏的沟沟垄垄处不断涌现出来。放眼望去，枇杷树生机勃勃，亭亭玉立，冠盖如云，绿荫覆地，人行其中，赏心悦目，沁心润肺。

　　钱老板非常好客，也很健谈，我们边走边赏景边听他绘声绘色地讲述着枇杷树的栽培和管理过程。我国枇杷栽培历史悠久，据文献记载,至少东汉时代已为我国所栽培。枇杷隶属于蔷薇科,枇杷属,为半乔木性常绿果树,喜温暖湿润,树性强健,易于栽培,树势旺盛。白沙枇杷树皮灰褐色,枝条粗壮,叶色浓绿,层次明显,枝叶和根周年生理活动,无完全休眠期,全年可抽发春、夏、秋三次枝梢。

白沙枇杷用 2 至 3 年接苗定植,次年即有开花结果,至三四年龄树普遍进入开花结果期。但由于白沙枇杷花期长于其他品种的枇杷,从每年 10 月中旬现蕾开始到次年 1 月上旬结束,分期开花,分期结果,故有头花、二花、三花。加之白沙枇杷结果早,花量大,易受冻害,着果率不高,只有头花座果早,果实生长充实,果形大,品质优,味道好,可见白沙枇杷对生长环境十分讲究。

然而,自 20 世纪 90 年代末起,朱家角地区的白沙枇杷,依凭水土优势、环境优势、气候优势和栽培优势,生产的枇杷果面淡黄橙色,肉质细嫩,汁水多,口感爽,糖分高,风味清香,在果品市场上一枝独秀,深受人们的青睐。每到枇杷成熟季节,慕名而来采摘的游客络绎不绝,被人们称为"枇杷之王"。已通过上海市"商标注册"和"果品安全卫生优质产品"认证。

说话间,钱老板从身边的一棵树上摘下了几颗白沙枇杷让我们品尝,并告诉我们,前几天刚过采摘期,这棵枇杷树特意留下一些果子是专供大家品尝的。此枇杷看上去色泽鲜亮,放在嘴里,浓浓的果汁就溢出来,甘甜爽口,唇齿留香,久久不散。

枇杷全身是宝,自古就被视为"珍果"。由于枇杷秋萌冬花,春实夏景,在百果中独具四时之气,为保健养生之佳果。《本草纲目》记载："枇杷能润五脏，滋心肺。"中医认为，枇杷味甘、酸，性凉，有润肺止咳、止渴和胃、利尿清热等功效。现代研究发现，枇杷中含有人体必需的 8 种氨基酸、纤维素、果胶、胡萝卜素、苹果酸、柠檬酸、白藜芦醇、钾、磷、铁、钙、维生素 A、B、C 等营养物质，具有助消化、防便秘、抗衰老、防癌抗癌、保护视力、润肤养颜、防流感等多种作用。《本经逢原》中说，枇杷"必极熟，乃有止渴下气润五脏之功。若带生味酸，力能助肝伐脾，食之令人中满腹泻"。所以，吃枇杷要选熟透的，一般人群均可食用，但是糖尿病患者应忌食。

枇杷花，花香蜜足，是良好的蜜源植物。这里自产的原浆枇杷花蜜，为纯天然蜂蜜，具有丰富的营养成分和止咳润肺、清热解毒、健身养肤、润肠通便、滋润脾肺之功效。

还有枇杷叶可当作养羊的最佳饲料。据钱老板介绍，通过他多年实践表明，枇杷叶含有多种营养元素，羊常吃枇杷叶，有助于羊长得格外结实，羊肉也特别鲜嫩。我们来到羊棚，看到那一群群白山羊精神抖擞，有的在低头吃枇杷叶，有的在欢奔跳跃，个个身强体壮，毛色柔和，令人赞叹。

除此之外，枇杷树还有着极高的观赏价值，一年四季都是一道靓丽的风景。由于枇杷树枝叶茂盛，干高姿美，花香果艳，为庭园与景观绿化的首选绿叶树种。冬天，枇杷花的花期特别长，整个冬季，枇杷花竞相绽放，花团锦簇，随风摇曳，起伏着花的波浪，涌动着香的波涛，风姿秀韵，绚烂壮观。春天，枇杷结果，刚挂果时，青果累累，娇艳欲滴，迷人多姿。到了成熟期，树上一片金黄，一颗颗色泽鲜艳的枇杷宛若星星点缀，鲜亮耀眼。到了夏天，采收完果实的树，枝头开始长出新叶，灿烂妩媚，水灵嫩绿，一茁接一茁，绿意盎然，日日月月地青葱着一颗颗春夏秋冬的心灵，岁岁年年地生动了一个个风霜雨雪的人生。

白沙枇杷，观之色泽艳丽，闻之芳香扑鼻，食之鲜甜爽口，那种鲜香，沁人心脾。浮光掠滟，河水粼粼中，我告辞了白沙枇杷园。透过车窗望去，那一片片枇杷树的美，以及钱老板脸上那充满着自豪感神态和那种踏实勤奋、吃苦耐劳的执著精神深深地铭刻在我的心中。

家住银杏古树旁

在我的老家不远处,有一棵古老的银杏树,生长在崇明堡镇四滧村滧村镇北侧,至今已有近 500 年历史。据史料记载,那棵银杏树植于明万历二年,东株为雄,树高 20.7 米,树围 4 米,西株为雌,树高 15.6 米,树围 2.25 米。它经数百载风雨,历数百年沧桑,雄姿不减;它昂首苍穹,挺拔独秀,刚毅坚强;它年复一年,悠悠岁月,不知生长过又飘落过多少片树叶,才会有今天的枝繁叶茂,生机盎然,才会有像努力张开的巨大臂膀,撑起那向外倾斜的主枝,才会有形如蛟龙腾空,威严屹立的雄伟身姿。

家乡的那棵银杏树,是我们家乡人的骄傲。孩提时,我和家乡的小伙伴们时常到这里玩耍,冬天,看银杏树上的喜鹊忙碌着搭建"新家";春天,听树上的小喜鹊待在窝里叽叽喳喳叫个不停;夏天,在浓荫覆盖着的银杏树下,听大人们讲述那种神奇般的传说;秋天,围着银杏树追逐打闹,有时还会爬到树枝上探个究竟,感悟它那造化的伟大。

　　自从我 20 岁那年参军离开崇明岛,以后转业分配在市区工作,每次回家乡探亲,坐在开往家乡的轮船上,离开吴淞口后,只要看到崇明岛,就能看到那棵熟悉的银杏树,它高高地耸立在家乡的土地上。此时,我会顿然兴奋,一股亲切感油然而生。每当有人问我,你家住在崇明什么地方,我便会以树为起点并自豪地说,住在崇明岛上那棵最高最大树龄最长的银杏树附近。古老的银杏树早已扎根在我的心中,成为我人生的坐标。然而,也听乡亲们说,过去,这棵银杏树曾作为渔船或行风船的航标,用以指引航向。就这样,这棵银杏树,不仅成为人而且也成了行船的参照物。

　　于是,在与那银杏树的交往中,也发现了一些树的精神。那棵长得高大伟岸的古银杏树,靠的是不断向上扩展和向下扎根的努力和坚韧。据说,这棵银杏树曾遭受过多次雷击,其中在 20 世纪 80 年代的一次雷击中劈断了一根主枝,并渐渐地枯萎干死。但几年后,枯枝重新发出新芽,长出新枝,而且经历了险恶环境的考验之后,更是造就了它那顽强和抗争的性格,竟奇迹般地重又枝叶茂盛,焕发青春,充满生机和活力。

　　另据民间传说,当年有个财主想用这棵树做盖房和家具的材料,并雇人用锯子锯树。结果,当锯子刚要锯树时,树的根部流出鲜血,几条大蛇从树洞钻出扑来,吓得众人丢下锯子拔腿跑掉。从此以后,再也没有人敢打这棵树的主意。以后,人们也常常会讲着这里有鬼神出没的故事。然而,尽管这有声有色的传说、故事显得有些离奇,但每次来到这棵银杏树旁,总有一种神秘之感,无论在阳光下或月光下,银杏树上都仿佛镀上了一层飘忽的圣光,远远望去,宛若仙境。

银杏树,历经风雨,它的强大在年轮里扩展,给人以启示:无论你身在何处,无论你遇到多么恶劣的境况无论身份多么卑微,你都应该努力,积极拼搏,像银杏树一样抗争,像银杏树一样活着。

可是在现实生活中,人与树相比,却缺少了这种精神,往往在得意的时候忘乎所以,在失意的时候怨天尤人,缺少镇定和从容,以致在旷野里迷失方向。因此,在漫漫的人生征途上,无论走多远,不忘却出发时的初心不迷惘行进中的方向,才会像银杏树一样具有坚韧的情怀,活出一个让人敬畏和尊重的人生。

我们可能去过许多地方,也看过许多古树大树,但真正能感动心灵的有几许?家乡的那棵银杏树,深深地扎根在乡土里,也深深地扎根在我的心中。同时,我也深深地祝愿家乡的那棵银杏树,永远年轻,永远生机盎然,朝气蓬勃。

激情四溢夹竹桃

盛夏时节,来到家乡崇明,汽车沿着陈海公路行驶,宛如置身绿色海洋之中,公路两侧最吸引人眼球的是夹竹桃花。那一片片、一团团、一簇簇白的、红的举在枝头,如满天星闪烁一般,年复一年地生长,自成一派风景,将绿浪翠波般的海岛变得更加生动有趣,绚丽多姿,赏心悦目。

清晨,朝霞映射下的夹竹桃花是明朗的,它那耀人的色彩足以与清晨的朝霞相媲美。那碧绿的枝叶间挂满的簇簇花朵,恣意开放,满目芳菲,美不胜收。那洁白似雪的花,如中秋之夜的月色,白得娇嫩,白得无暇,白得透彻;那红艳艳的花,有粉红的、紫红的、鲜红的,似朵朵红云,沿着绿绿的茎干延伸,溢彩流光,绚丽迷人。微风吹拂,叶和花随着风儿一起舞动,发出沙沙的呢喃,飘溢出缕缕清香,吸引着人们举目张望,也吸引着蜂飞蝶舞。

夹竹桃花,在阳光的日子里争相怒放,透明的绿叶映着阳光,如一幅幅彩绸,明明暗暗闪烁着,恰似"路上彩云追",引得彩蝶在花间飞舞,小蜜蜂也来捉迷藏,格外美丽诱人。夹竹桃花,不争宠不退让,不傲慢不羞涩,不炫耀不躲藏,更是不顾机动车尾气和噪声的侵入,就在最明媚的阳光里带着圣洁的微笑,静静地演绎生命的绽放。

在有风雨的日子里,夹竹桃花又坚强地承受生命中不可抗拒的打击,没有抱怨和怨气,没有哀声和叹气,没有挣扎和呻吟,就在这无情的蹂躏里依然不屈不挠、不卑不亢、不言不语地尽情怒放,展现生命的坚韧和隐忍,坦然面对而无怨无悔。

夜晚,骄阳似火的热浪渐渐退去,月亮爬上树梢,皎洁的月光静静地飘洒在夹竹桃花叶上,俏皮的萤火虫打着小灯笼、眨着眼睛在花叶间游弋穿梭,那夹杂着夹竹桃花幽幽清香的夏风徐徐吹来,让心感到丝丝的柔和清凉。此时此刻,可谓是,花枝摇,心旌更摇。

夹竹桃花一茁接一茁地从春末初夏一直到初秋开遍了故乡的公路两旁和河道两岸,释放着动人的清纯与美丽。置身其间,让人不由自主地产生一种"满目艳丽、满岛花飞"的痴迷错觉,如入仙境,陶醉其中。

那白白的、红红的夹竹桃花自由自在地怒放在路旁,她们不择贫富,随遇而长,率真地在枝头绽放,绚烂着老家的每个夏天,阳光越是热情高涨,她们越是激情四溢,日复一日,年复一年,如此茂盛,如此持久,生机勃勃,分外妖娆。这种高尚的品格,总会使我情不自禁地投去钦佩的目光。

柿子熟了满枝红

　　深秋时节,来到故乡崇明,车窗外阳光暖暖,秋光灿烂,空旷的田野,挺拔的村树,白墙青瓦的村舍,不时从窗外闪过。行走在乡间路上,家家户户的房前屋后种植的柿子树,硕果累累,挂满枝头。一眼望去,红彤彤,亮晶晶,那敦实的模样,犹如一盏盏小灯笼,相互争艳斗红,灼灼闪耀,微风吹过,她们像在跳舞,又像一张张稚嫩的小脸儿在微笑⋯⋯

　　柿树的生命力很强,它抗寒耐旱、无须经管,一如野草,无论房前屋后,垅边沟沿,都能随遇而安,自然成长。春天抽叶吐芽,夏天开花育果,秋天结出红红的果实。在秋日阳光的照耀、暖熙和风的吹拂下,柿子绿里透黄、黄里泛红,更多的则是红润透明、压弯枝梢,在风中摇曳身姿,闪动着娇艳诱人的光彩⋯⋯

　　记得小时候的故乡,贫困落后的海岛,柿子树等果树少得可怜,若是谁家院内种有一两棵柿子树,那么一到成熟季节,人们总会想方设法用网罩围着,围栏圈着,甚至还未成熟就摘下放在草木灰里捂熟，除了提防孩子偷吃，就是防止鸟儿前来糟蹋。

如今，农户人家都种果树，房前屋后，河沿路边，田间地头，枇杷树、橘树、桃树、梨树、金橘、柿子树比比皆是，亭亭如盖，绿荫覆地，一年四季水果飘香，源源不断，成为极其普通的家常水果。许多农户人家，将柿子、橘子、金橘等果树作为景观树，把吃剩下来的果子留在树上，供人们观赏，直到冬天树叶脱落，果子冻干，成为乡村一道靓丽的风景，也给农家宅院增添一份斑斓的色彩。

留在树上的果子，成了鸟儿们的美味佳肴，以吸引更多的鸟儿在这里安家落户，任它们在树枝头窜来窜去，一天到晚"喳儿——喳儿"嚷个不休。那左顾右盼啄食果子时的神态，给单调枯燥的乡村增添一分生机和喜气。

世界上有些国家为了保护生态环境，每当稻子、麦子、玉米等农作物收割时，都留一部分供鸟儿等野生动物食用，以确保它们与人类睦邻友好地一起生活。乡亲们将果子留给鸟儿享用，正是为崇明生态岛建设中人与环境、自然和谐发展作出的积极举动，要为这一行为而点赞。

其实，柿子除了美观美味之外，还有一生一世(柿)的美好寓意，以及诸如"心想柿(事)成""柿柿(事事)顺心"等吉祥谐音。默默地注视着那些无言的果树，心中对她们充满着敬意。每逢秋季，总爱找个晴好的日子，去乡野里走走，就为观赏那些红满枝头的柿子……

最是醉人秋色浓

　　一年中最美是故乡的秋色，天高云淡，风清气爽，黄叶遍地，秋雨绵绵，红红的柿儿，金色的银杏，黄灿灿的稻穗，绿油油的菜苗……各种色彩如泼如撒，宛如一幅丹青水墨画。

　　秋风拂稻，草叶翩翩，稻浪泛起金黄色的浪花，云雀在上空飞翔欢唱。稻香的气息，缠绕在静谧的乡间。置身其间，像似融入了稻的海洋中，仿佛坐在悠悠飘荡的水船上随风摇晃，享受天伦之乐。那无与伦比的惬意，那愉悦的心情，那纷飞的思绪，一起追逐阵阵秋风摇摆的风姿，飘然而去……

　　故乡出佳果，最多要数柿子了，可谓是家家户户都种植。一到秋天，房前屋后和沟沿河边，成熟的柿儿红满枝头，随着徐徐微风摇曳，宛如一盏盏小红灯笼，在秋阳下绰约风姿，绚丽多彩。火红、粉红、明黄、杏黄，重重叠叠，浓浓淡淡相互辉映，格外迷人。诱惑得一些鸟雀纷纷飞来，停落在上面，叽叽喳喳地叫着，用那尖利小巧的嘴不停地啄着果实，含在口中，甚是可爱。

近年来,崇明在生态岛建设中,各乡镇根据自身特点和种植优势,因地制宜种植的特色树种,品类繁盛,春日繁花盛开,灿若云霞,秋日树叶斑驳,色彩如画。我的家乡作为银杏之乡,成片成片地种植了银杏树。秋深正浓,秋意正盛,满目生辉,一片片黄得耀眼的银杏叶在飒飒秋风中舞出一片盈动的金黄,流动着一道道美丽的弧线,犹如披上了色彩斑斓的霓裳羽衣,在田野上空自由地飞翔;又像一道无韵的诗,洒落一地醉人的天籁之音,金灿灿的银杏叶铺成的地毯,汇成美轮美奂的画卷,展现绝美的童话。待到树叶落尽,银杏果挂满枝头,惹人喜爱。林间小鸟时而在枝头蹦跳着,时而窃窃私语,让人心生醉意。

秋天的天空澄澈,河水清澈,碧波微澜,再映衬着那一方高阔而明丽的天空,水面变得澄澈晶莹。远远望去,水面一平如洗,仿佛明镜一般。那水色是盈盈碧色中带着点微蓝,河岸边金黄色屏风般的芦苇,在秋风中舞姿翩翩,风情万种,随着叶子的飘落而变得纯粹、坚韧。偶见有人在岸边手持一根渔竿,神情专注地在垂钓,自取其乐,成为旷野上一道充满韵味的风景线,一幅平安、祥和的乡村画卷。

秋日的家乡,处处皆是醉人的美景,那行道边高高耸立的水杉树、榆树;四季常绿的樟树、黄杨、竹子;田间地头和河沟沿的野草花,如阳光般灿烂,永开不败;农家院里的橘树、枣树、枇杷树和一垄垄绿绿的蔬菜,以及吐露着沁人肺腑幽香的金桂银桂,和着缥缈升腾的缕缕炊烟……一眼望去,那一抹抹枝叶纷披的绿与争奇斗艳的金黄、火红相映成趣,令人顿觉"山重水复疑无路,柳暗花明又一村"。一切那么开阔,心情那么安宁,天地间洋溢着一股勃勃生机。

走在故乡这五彩缤纷、清爽宜人的秋色美景中,阳光、雨露、蓝天、白云、空气、绿色、鸟鸣……仿佛走进植物园,那里有清澈见底,沿村庄日夜流淌的河沟,她是生命的摇篮,是涌动中的大地血脉;那里有水中的鱼儿在欢游,茂盛的绿色在跃动,鲜艳的花色在飞舞;那里有悠闲信步的白鹭,成群结队展翅齐飞于上空的鸟雀,还有那怡情赏景的人们……

炊烟铁锅情满怀

行走在乡间,每每看到那飘渺的炊烟从各家各户的宅院里升腾,继而飘散在空中消失得无影无形,总会有些许伤感。那一缕缕朦胧的混合着浓浓的柴草香、饭菜香的炊烟,凝聚着我不散的思乡情结。

记得那个时候的乡村,新灶砌好了,灶山上要画一幅颜色鲜艳的灶头画,再要买铁锅,一般人家有两口锅,人多的要三口锅,乡间俗称两眼灶或三眼灶。这锅是用生铁做的,足足有十来斤,看起来有些笨重,但非常耐用,一户人家两三口锅,足够一家人用很多年,甚至能用几代人。那时候,即使铁锅破损了,还可以让补锅匠修补一下继续使用。从我记事起,家里的灶屋挪过几次,灶也换了几个,曾用过泥坨灶,泥砖两眼灶和三眼灶,但那铁锅始终没变。

在乡间,庄稼收割过后,那些麦柴、稻柴、豆秸秆、玉米秆、棉花杆,还有生长在河沟沿的芦苇,堆放在地头,等风干之后整整齐齐地码垛在宅院的角落里或场院里,农家人一年内做饭的柴火就有了着落。那时候,在放学的路上,经常会捡拾一些树枝、木块、芦苇等柴草带回家,当作柴火。尤其是寒冷的冬天里,坐在低矮的小木凳上烧火做饭,看着火膛里跳跃着红红的火苗,听着豆秸杆噼噼啪啪的作响声,闻着锅里诱人的饭菜芳香,真可谓,外面寒风雪飘,屋里热气腾腾,是件多么快乐和美妙的事。

清晨,当大地刚刚苏醒,勤劳的乡亲们便开始烧火做饭了,一缕缕乳白色的炊烟从一座座小院升起,缠绕在房屋和树木竹林之间,形成了动与静的有机结合,流动的白色在静止的墨色瓦片和绿色中弥漫升腾,如水墨画一般充满着灵性与韵味,乡村的一天便在那飘逸的炊烟中开始了。

傍晚,落日的余晖与朦胧的村庄在家家户户炊烟的映照下,显得安静、和谐、温柔。劳作了一天的人们,从田间归来,远远望见炊烟缭绕的村庄,心里的那份自在和快慰让他们脚步轻松,满身的疲惫随着袅袅飘散的炊烟和饭菜的香甜而不觉。

值得一提的是,那时候,乡村有许多孩子因家境贫困,为了节省开支,就参照灶花师傅的画墨制作方法,刮下锅底的黑灰(乡间称"镀锈"),再用水稀释调和后,当作墨汁写毛笔字。因此,乡村不少人的一手好字就是用这种自制的、无需成本、取之不尽的锅底黑灰作墨练成的。

如今的乡村,随着现代文明的发展和城乡一体化的推进,农户人家都用上了煤气灶,砖砌的灶头在逐年减少,砌灶的泥匠流失严重,新人难以为继,此项技艺已渐渐失传了。铁锅也被五花儿门、价格昂贵的各种各样品牌锅替代了,白色的炊烟渐行渐远,没有了草木灰香味和炊烟的乡村,让人隐隐感觉有些失落。没有了老铁锅,吃在嘴里的饭菜似乎也少了点味儿。然而,每当回到故乡,或在农家乐,或在亲戚家,吃到大锅煮饭,炒菜那才叫香呢。饭,吃起来劲道有力,米香纯净;菜,嚼起来鲜溜透彻,味觉深远。

炊烟、土灶、铁锅,永远是我心中的梦,它们深情满怀地带着我回到那金色的童年。故乡崇明地处长江与东海交汇处,土菜资源丰富,加之土灶、铁锅那简朴而温馨的生活,让我沉浸在久久的美好回忆之中,它使我倍爱家乡,倍恋故土。

橙黄如金楝树果

　　冬日的一天，回到故乡崇明，走在乡间的河沿上，看到一排排楝树，那挂满枝头的楝果，在冬日暖阳的映照下熠熠闪亮，晶莹剔透，分外耀眼。金黄的果，碧蓝的天，清澈的水，构成极佳的冬日野景，让人心旷神怡。

　　看到那遍栽村野的楝树，勾起了我的思乡情怀。长年住在城市里，几乎见不到楝树。然而，记得小时候，楝树在乡间随处可见。每到春意盎然时节，楝树生发新枝，簇生嫩叶，万千楝花开在枝上青春鲜活，露出灿烂芬芳的笑脸，摇曳一身紫色的外衣，缤纷绽放，密密叠叠，竞相争艳，宛如绿云上飘逸的紫霞，蔚蔚然，甚壮观。那楝树花扑鼻而来的馨香，甜甜的，淡淡的，纯纯的，幽幽的，使人总要深深地吸上几口。真是迷了双眼，绿了心田，染了周身。

　　炎炎夏日里，花落后的楝树，生机勃发，枝繁叶茂，整个树冠绿得油亮油亮，灿若云锦，遮荫蔽日，成为村民们乘凉的好去处。

　　待到秋日，硕果累累挂满枝头，一串串，青青圆圆，如绿宝石般晶莹发亮。

暮秋之后，楝果由青变黄，随着那一片片透出沉静气质的黄叶渐渐地飘落，成串成串的楝果挂在树枝上，在金灿灿的秋色里，橙黄如金，煞是好看。

寒冬时节，落尽树叶的灰褐色枝梢挂满了色泽鲜艳的楝果，金黄靓丽，引来白头雀、伯劳、喜鹊等来觅食，它们一天到晚聚集在树枝间叽叽喳喳忙个不停，时而飞上飞下，时而停在枝头饱食楝果，鸟雀与满树果实相映成趣，给寒冷的冬天增添了一份活力。

楝树也称苦楝树，俗话说："蚕豆开花是黑芯，楝树开花结苦果"。然而，苦的果，香的花，总是相伴而生。一根根枝条，抑或一圈圈年轮，它们之间，不但没有互伤彼此的品性，反而在竞相生长的过程中，增添了许许多多丰韵而内蕴的美，给人们留下了一段值得回味的美好瞬间。

据说，楝树果不仅是鸟鹊们喜爱的食物，而且它们也是播种楝树的能手，被它们吞食后的果子一天后会在鸟粪中排出，随着它们飞往各个地方，鸟粪中所排出的果子也就落在那个地方生根、发芽、出苗成长。况且楝树生命力极强，即使从大树根部锯断，也能从中长出苗来。于是，田间地头，沟沿河边都能生长出苗壮的楝树。

过去在乡间，家家户户种植楝树用来制作农具和家具的材料。楝树材质优良，用途广泛。成材后木质光滑细腻，坚固耐用。一棵10年以上树龄的楝树，既可用来制作家具，如桌面、凳面、橱柜等，还可用于制作农具，如铁锹柄、镰刀柄以及独轮手推车的车把和车轮等。早先的乡村,多二三十年树龄的楝树,有的地方三四十年树龄的楝树也不少。

如今,随着市场上许多优质材料的引进和农村机械化的推进,乡间人家很少用楝树制作农具,人们需要家具更是直接从商店购买现成的,省时又省力。但那种植在乡间的楝树,既可成为美丽乡村建设一道独特的风景;而且叶茂根深的楝树又可起到防止水土流失和调节气温保护生态环境的作用;同时,楝树果还可作为鸟儿们过冬的美食佳肴。

冬日里,漫步在故乡的路上,在那一排美丽的楝树旁,剪一束阳光,将记忆珍藏。

心弦独奏

故乡明月伴我行

　　久居高楼林立、车水马龙的繁华大都市，难得见到明月。夜晚，五彩缤纷的灯光闪烁，月亮的颜色总是灰蒙蒙的，谈不上有这般诗情和那般画意。

　　中秋节，回到故乡崇明，欣赏到了月儿那华丽的身影，领略到了月儿那独特的韵味，享受到了月儿那醉人的欢愉。乡村那梦幻般美丽的月儿，让我突然有一种远离城市喧嚣、悠然自得的心境在升腾。

　　太阳缓慢地向西飘然而下，天空漂浮的余晖渐尽，白天的热闹仿佛随着丝丝凉意的秋风飘走，渐渐沉静下来。漫行在乡间的小路上，倍感凉爽而舒心。遥望那湛蓝碧透、高旷悠远的天空，月亮宛若含情脉脉的少女，羞羞答答地掀开一层轻纱，大大方方地探出脑袋，露着笑脸。一群舒展着长长翅膀的白鹭翔飞着，渐飞渐远，融入月光，融入夜色，形成一道独特的风景线。

　　一轮明月从东方缓缓升起，给大地投下明亮的光辉，点燃了蓝色夜幕,村庄和田野在皎洁的月光下静静地伫立,清清的小河水潺潺流淌着,泛着银色的波光,绿色的倒影在水中荡漾,身在其间,灵魂如同被清清的河水洗涤过一般。一排水杉枝干挺拔,英姿勃发,在月影下摇曳生姿,或幽深或雅静,婀娜多姿,风情万种,美不胜收。河沟边的草本植物,似盖了一床湿漉漉透明的银被,安静地睡着、梦着。房前屋后蟋蟀欢歌,田间地头秋虫鸣唱,汇成了一组生动而自然完美的交响乐……聆听着,心灵也随之飞扬。

夜渐深,月儿徐徐上升,玉盘更加圆润,乡野在月光下愈见清晰,村庄仿佛浸醉在如水般的月色里,空气中弥漫着稻花清香,时而浓郁,时而淡雅,品味那般清幽的心境,沁人心脾。极目远眺,农舍和树木由虚而实,由实及虚,在秋风和月光下飘飘摇摇、闪闪烁烁、苍苍莽莽,有着几许神秘气息。沐浴明月的清辉,真是让你分不清哪里是人间,哪里是画境了。

小时候,在崇明农村长大,当时岛上贫穷落后,交通不便,出门行路,连自行车都没有,完全靠两条腿。加上没有通电,照明用煤油灯。田间农活全是手工操作,劳动时间长,强度大。于是,人们经常利用夜间在月光下浇地、干农活。然而,缘于岛上空气纯净,没有污染,天空的云总是如水洗般洁白清亮,夜空总是星明月朗。那时候,尤其是在明月下走路,无论走到哪里,月亮总是伴随飘到哪里,一直送到家。正如一首歌词写道:"月亮走我也走,月亮、月亮您等等我,月亮、月亮您慢慢走……"即使是云雾天气,月儿也是一会儿大方地洒下一地银辉,一会儿又吝啬地钻进飘逸的云层,别有一番情趣。乡间有句俗语称,"雾云月亮,一夜忙到天亮"。意在朦胧月色下到田间干农活是最惬意的时机。尤其是夏秋时节，正值乡间争分夺秒抢收抢种的大忙季节，人们从早到晚总是有着干不完的活，加上白天天气炎热难耐，到了夜间气温下降，在朦胧的月色下干活更是有那种凉快舒适和轻松自在的感觉，沉醉在温柔而又迷情的月色里，尽情享受大自然的美好时光。可见，这一俗语的含义也是对家乡人民那种吃苦耐劳和勤奋能干精神的真实写照。

明月伴行，明月醉人，神州大地，每一寸土地钟灵毓秀，人杰地灵；每一处月色，映照出大好河山的秀丽，尽情展现着大江南北不同的景观，以及倾注着同样真挚的寄愿和情思。月光飘洒着，月色氤氲着，令人陶醉，令人神驰。其实，每一个人，只要心中有明月，那么处处皆明月，夜夜皆明月。

月光菩萨的传说

  相传,自崇明岛露出长江水面那天起,崇明就与月光菩萨结下不解之缘,民间流传着月光菩萨诞生崇明岛上的种种传说。

  据考证,唐代武德元年(618),长江口在今扬州、镇江一带,那时的崇明岛在长江口只是两个小沙洲,称为东沙和西沙,面积亦甚小,数十平方公里。当沙洲刚露出水面时,在江水中若隐若现,圆圆的西沙宛若一轮红日,长长的东沙形似一弯明月,故传说西沙是日光菩萨的降生地,东沙则是月光菩萨的降生地。

  月光菩萨,又称月神,是中国民间流传最广的神仙之一。月神又叫月光娘娘、太阴星主、月姑、月光仙子等。相传,上古时代后羿射下九个太阳并令最后一个太阳按时起落为民造福,从此,人间恢复了正常生活。但太阳神和月亮神的日光和月光一直没有找到理想的诞生之地,直到唐代崇明岛露出长江水面时,如来佛祖一看是风水宝地,弹指一挥,日光和月光同时诞生于崇明西沙与东沙,以使崇明成为风调雨顺的人类居住宝地,同时还教会了崇明人猜天本领，成了与天、地、水、风相抗衡的法宝。日光和月光也修成正果，成了菩萨，担负起保人间平安的责任。

崇拜月神，中国各地由来已久，世界各国也是普遍存在，这是人类对天体的敬畏。月亮阴晴圆缺诱发人们种种梦幻，"白兔捣药"使月亮更加神奇神秘，"七仙女下凡"充满着无限情思，而"月宫仙桂"的神话更是给人以无穷遐想。人们常把桂花与月亮联系在一起，编织了一系列动人的神话故事，如蟾宫折桂、吴刚伐桂、月桂落子等，故桂花被称为"仙树""花中月老"，桂树称"月桂"，月亮称"桂宫"，桂树成为月球上的神树。人们也把桂树作为成功、友谊、爱情、美好和吉祥的象征，凡仕途得志、飞黄腾达者谓之"折桂"。其中，最著名的是"吴刚伐桂"。传说，西河人吴刚被罚至月中伐桂，只有中秋这一天，吴刚才能在树下稍事休息，与人共度团圆佳节，并捧出他自酿的桂花酒，与人间一起品尝，那桂花酒当算是天宫中第一名酒了。然而，相传这桂花酿制的桂花酒则是崇明老白酒的前身，不但其配方、配料和做法相同，而且至今崇明老百姓家家都种桂树，家家都会酿制老白酒和甜酒酿，并有放些桂花的习俗。加之岛上取的水甘冽，岛上种出的米香软，拥有了上乘的原料，崇明老白酒和甜酒酿成了崇明岛上人家常年不断和老少皆宜的健康保健食品。

月光菩萨是位慈悲为怀的女神，常化为月华降到人间，护佑一方平安喜乐，以使崇明岛更有了灵气和灵性。如今历时近1 400年，崇明岛屹立长江口，气势宏伟，"外捍百岛，内障三吴"，"长江锁钥，瀛海岩疆"，崇明岛成了风清气爽、安居乐业的美丽家园；土肥水秀、物产丰富的鱼米之乡；人杰地灵、文化底蕴厚重的风水宝地，广被骚人墨客誉为"日出云生之外，高人仙乐之地"。明太祖朱元璋特赐崇明石碑，称之为"东海瀛洲"。崇明是中国第三大岛，世界上最大的河口冲积岛，更是中国乃世界唯一长寿之岛，中国生态文化之岛和中国地质公园，我们怎能忘记月光菩萨和日光菩萨的恩泽呢？

人们为了感恩月光菩萨赐赏，在汉传佛教中，将农历八月十五中秋节这一天，作为恭逢月光菩萨的圣诞。良宵时分，明月东升，人们都要边赏月、拜月，边吃月饼，其乐融融。这一民间习俗成为与春节、端午节一样的重要传统节日，已深深地根植于世代相传的崇明人心中，一直延续至今。

云无空碧在，天净月华流。每逢中秋之夜，素净、安乐的夜色包裹着大地，静心遥看一缕清朗明洁的月光，似一泻千里的瀑布，飘飘欲仙，仿佛月光菩萨微笑着向你招手，让人真切地感受到神圣、温柔，体味着沁人心田的情感与日月灵气交融，油然升起浓浓思乡情。

八仙造米的传说

　　具有 1 300 多年历史,位于江海之汇处的崇明岛除有着独特
的地理位置和自然环境之外,还孕育着丰富的神话传说和深厚的
文化底蕴。崇明物产丰富、地域特征明显,譬如像崇明大米,不但
吃口香糯,而且还有"八仙造米"与"大米缺角"的美丽故事。

　　传说当年八仙过海来到东海瀛洲——崇明岛,因当时岛上还
没有大米,于是玉帝便给八仙们下达一道任务,为崇明人造一粒
大米。接受任务之后,年初十一早,众仙家纷纷腾云驾雾,各显神
通登岛。然铁拐李因是跛脚,行动自然不及其他仙家来得便捷。
结果七仙们等得不耐烦,就先动手造起米来。为了要表示八仙是
一个整体,他们故意在一粒大米上剩下一只角,好等老李来补上。

　　终于铁拐李也赶到了,但当他看到七仙们抛开他先干的举
动,就大为不悦。于是带着情绪气鼓鼓地说:"今天我要独造一粒
与众不同的圆米来,让你们的大米永远不完整!"

　　面对此情,众仙面面相觑,十分尴尬。好端端的大米,缺了只

角岂非扫兴，万一玉帝怪罪下来，大家脸上都难堪。为了息事宁人，众仙纷纷上前劝说。

张果老说："老李啊，你就顾全大局吧。你看连人间凡夫俗子都知道我们八人是团团圆圆的，你看他们围坐八仙桌，一家人平时连吃饭都是和谐的，那我们为什么还要闹出不和谐来呢？"铁拐李听了并不作声。

蓝采和上前劝说道："铁兄啊，你造的那粒米，人类最终还是会把它抛弃的，你何必去对着干呢。"后来汉钟离、何仙姑、吕洞宾、韩湘子、曹国舅也上前劝说，但都没用。一向独断的铁拐李固执地说："我们造米留下一点遗憾，那是因为我迟到了，你们没有耐心等我，那么我们不妨也给人类留下一些遗憾吧。留点缺憾，才能让人类明白世上没有十全十美的事，才能让人去奋进、去创造，促使人类在不完美中去追求完美。"众仙听了铁拐李的解释后，觉得在理，纷纷称是。

据说，所谓"铁拐李独造的那粒圆米"，就是一种稗子，也叫稗草，外形与稻叶相似，是一种生命力极为顽强的野草、恶草，崇明当地人称之为"旺子"，恐怕就是兴旺、旺盛的意思吧。从此以后，每块稻田里，免不了都有稗草，虽然农民见着就拔，但还是长了又拔，拔了又长，似永远也拔不完。

当然，现在人类的认识提高了，大米缺角（每粒大米都如此），那是因为缺角的部位是水稻胚芽生长的地方，待成熟后胚芽自然脱落，成熟的大米便少了一只角，这是水稻繁衍的器官，是水稻新的生命所在。我们不给新的生命留下一线通道，那大米还会再繁衍生息吗？生物界如此，我们人类也不如此！

如今，随着时代的进步和社会发展，有关"八仙造米"的故事渐渐被人们淡忘了。但是，生长在崇明岛的大米如同金瓜、白扁豆、香芋、芋艿等一样，与众不同，特别香糯，却是不争的事实。这里是否与"八仙"有关，更是一个不解之谜。不过，在崇明岛上人们为了纪念八仙造米，定阴历年初十为米生日，所以崇明人一直讲："自年初一起的生日：一天、二地、三山、四水、五马、六牛、七菱、八鹿、九柴、十米。"即年初十为米生日。同时，在崇明岛上有句"十相九足，白米缺角"的俗语亦深入百姓心中，世代相传，直至今朝。其意是：凡在世界上，连完美无比的大米都缺一只角，那还有什么能十全十美，任何人、任何事情都会有缺点和不足，都会留有缺憾，这要看你如何去面对。

人生路上总有曲折和起落，不要因为一时缺失而哀怨，也不要因为一点成功而自喜。人类只有自觉地去接受生活中的缺憾，并带着缺憾去创造生活中的美好和幸福，这才是应有之道。我们不妨从"十相九足，白米缺角"这一民俗俚语中去领悟出真知，获得启迪。

俗语中科学哲理

　　崇明有着 1 300 多年的历史,逐渐形成了自己独特的地方语言和风俗。

　　由于它三面环江,一面临海,交通相对比较闭塞,因此对外交流也有一定的局限。但事物总是一分为二的,这在无形间却使这些地方特色和语言风格得到了传承。

　　纵观崇明地方特色的语言风格,无不渗透着人生的哲理和科学要素。譬如过去在崇明乡间常有人说:"不挑过头担,不讲过头话。"便是一例。实践证明,挑过头担会伤身,讲过头话会伤心。过去在农村挑担时,担子重量一般都控制在 120 至 130 斤左右,大致与人的体重相仿。从人体工程学的角度看,这种比例是最能够保持平衡的,如挑超出人体重的担子会伤身的。过去的农人没上过什么学,他是从自身的实践中得到这个经验的。把它引申到人际关系上,那就是不讲过头的话。他们晓得,讲大话、言过其实会伤人感情。过去,岛上人家,感情都比较真挚,民风淳朴,欺骗人家的事,他们绝不会去干。

还有:"早起早睡,早出夜归。"那是应循了"日出而作,日落而息"的自然规律。即太阳升起的时候应该起床,下地干活;待太阳落山的时候就应该收工歇脚,吃完晚饭后休息、睡觉。阴阳颠倒的做法背离自然规律,不可取。这早起早睡的传统习惯,岛上的人一直保持到了现在。

再有:"趁趁依势。"是讲邻里之间或兄弟姐妹之间,不要为一些鸡毛蒜皮的琐事而斤斤计较,甚至大动干戈,伤了感情。为人处事要宽容大度。"趁趁依势"的另一种说法叫"趁势点"或"趁点依势",说的也是同样的道理。

此外,在崇明俗语中,还有诸如:"气煞气死要生病,开开心心活性命",指人生要乐观,不要消极;"满口饭好吃,过头话难说",指说话要冷静,要掌握分寸,留有余地;"看勒眼里,记勒肚里""只要记,勿要气",指遇到困难挫折,只要记住,不要灰心丧气,善于从失败中记取教训,奋发努力;"甜瓜吃籽千千万,苦瓜吃籽在心头",指不要忘记苦难,要努力改变命运;"弄堂里拔木头",比喻实话实说,直来直去;"只有懒人,呒得懒地",指只要勤劳就有收获;"吃粥勿富,养爷勿穷",指吝啬、小气不发财,要孝敬老人;"食饥伤饱",指吃饭要适量,饿过了头或吃得过饱都会伤身体;"三天勿吃盐鸡(咸菜)汤,脚果郎里酥汪汪",指食物太淡,人会无力气。庄稼人田间干活出汗多,因此要适当补充盐分等(当然吃得太咸,也会伤身体)。

俗语是祖辈留给我们的宝贵财富,多少年来在民间流传。俗语中饱含着丰富的科学哲理,可以为我们的人生指引航向。同时,俗语更是凝聚着人生大智慧的精髓,是中华民族的优秀传统文化。崇明方言俗语也不例外,可以从中受益。

生动有趣回文联

　　春节是普天同庆的日子,春节写春联贴春联更是中华民族的
传统习俗。每逢新春佳节到来之际,家家户户都忙着张贴春联,
那一副副充满吉祥喜庆的大红春联,一句句热情洋溢的祝颂联
语,把万家门楣点缀得焕然一新,把春节的氛围渲染得喜气洋洋。

　　又到一年春节时,使我回想起1991年的春节。那年,我担任
海军某工程部队政委,到黄海前哨的守岛连队走访时,深深地被
岛上老百姓家家户户张贴着的耀眼夺目的崭新春联吸引,便认真
地看了起来。看着看着竟惊奇地发现,有许多春联是回文联,读
来生动有趣,意味深长,别具一格,便对它产生浓厚的兴趣,将它
默记心中。如今,虽已25年过去了,但当时的情景依然历历在
目,记忆犹新。

　　所谓回文春联,即春联的联语既可以正读,也可以倒读。在
我的记忆里,那时的回文春联内容主要有:"财生福地福生财""生
财有道有财生""年年丰收丰年年""年年迎春迎年年""年年有余

有年年""岁岁祝福祝岁岁""人瑞长寿长瑞人""合家欢乐欢家合"
"自耕自种自耕自""自给自足自给自""山河美景美河山""青山绿
水绿山青""民富国强国富民""民富安泰安富民""甜甜蜜蜜蜜甜
甜""团团圆圆圆团团""欢欢喜喜喜欢欢""高高兴兴兴高高""安
安全全全安安""健健康康康健健"等。欣赏着这富有诗情画意的
回文春联,耳目一新,回味无穷。

　　然而,回文春联,除了内容顺应时代特征,贴近百姓普遍关心
的事物之外,还对张贴的对象及场所也有讲究,要根据各家各户
的不同职业,不同年龄,不同对象,分别进行选择张贴。如做生意
的人家,包括一些商家选择:"财生福地福生财""生财有道有财
生"等内容;如对于年长者家庭选择"人瑞长寿长瑞人""合家和谐
和家合"等内容;如公司、企业选择张贴"安安全全全安安""健健
康康康健健"等内容;如新婚人家选择"甜甜蜜蜜蜜甜甜""团团圆
圆圆团团""喜结良缘良结喜""同心永结永心同"等内容;大多数
人家普遍选择"年年丰收丰年年""岁岁祝福祝岁岁""山河美景美
河山""年年有余有年年""民富国强国富民""事事顺意顺事事"
"满满祝福祝满满"之类的内容,抒发人们对美好生活的祝颂与
向往。

　　回文春联,以健康向上的内容,富有趣味的联语,优美朴实的
情怀,乡土风情的气息,将新春佳节装点得红火富丽,将美好的愿
望和憧憬描写得淋漓尽致。

　　回文春联,仿佛给本来绚丽多彩的新春佳节增添了一道厚重
深邃的人文景观,慢慢品味,细细咀嚼,另有一番滋味在心头。

雪花飘飘沙上风

　　崇明山歌,对于自幼在崇明岛长大的我,早已耳熟能详,那是人们在田间劳作时哼唱的乡间小调,可谓是家喻户晓,人人都会。然而,看舞台演出,尤其是在上海大剧院演出,这可是头一回,仿佛时光倒流,儿时的情景重又呈现在眼前。

　　2016 年 1 月 31 日晚,应邀参加沙上风——崇明根源音乐会暨《潮汐》崇明根源音乐专辑发布仪式。尽管那天下着雨夹雪,气温已降至零摄氏度以下,但大剧院内却暖意融融,热情高涨。那优美的旋律,明快的节奏,朴实的歌词和悠扬的琴声,让大家看得出神,听得入迷,笑声阵阵,掌声不断,给人们留下了深刻印象,也向世人揭开了崇明山歌的神秘面纱。

　　精美的舞台上,在一片片芦苇的掩映下,在空灵、飘逸、略带神秘气息而又节奏鲜明的音乐声中,歌手们纵情高歌,那《潮水娘娘》《竹》《家书》《酿酒歌》《纺纱歌》《乡愁》《山歌好唱口难开》《初三潮十八水》《喊担情》《赶牛歌》等一首首曲调,将拥有千年历史的原生态的山歌小调赋予当今世界音乐曲风的形式,唱腔珠圆玉润,唱出清越婉转,婉思柔情,意韵空灵,表现得淋漓尽致,活色生香,唯美纯粹,颇有其沙地风情的民歌风貌,不仅给大家带来原汁原味、声情并茂的艺术享受,同时还增添了富有时代气息的感染力和新活力,无不欢欣鼓舞,令人大有身临其境之感。

土地和自然养育着人们,人们才能够发自内心由衷的赞美它而发出歌声,这歌声是和土地相互依存、血脉相连的天籁,它描摹出了自然土地万物上实实在在的美,散发着土地的芬芳。

山歌,即民歌,也是诗的源流。崇明山歌,上海市非遗项目,有着1 300多年历史,长久以来默默地在历史长河中吟唱、流传,字里行间透着幸福和甜蜜,怀着憧憬和希望,孕育了崇明岛独特而丰富的沙地文化内涵。然而,随着时代发展,崇明山歌渐渐与社会脱节,那些声音已渐渐远去,有的甚至消失了背影,今天能听到的和原来相比已是沧海一粟了。但我还是可想象出当年山歌的魅力。

崇明山歌,歌者都是从事体力劳动的劳动者,他们手拿劳动工具,挑着担子,推着小车,犁田赶牛,插秧割稻,寂寞或快乐时,都会随口唱一段,朴实的歌声在空旷原野上欢快回响。农家女子们在纺纱织布,缝补衣衫,绣花做鞋,哺乳梳妆时,也会悠悠一曲,袅袅余音在田野绿水间回荡。

我是土生土长的崇明人,小时候对崇明山歌情有独钟,可谓是伴随着山歌声中长大的。在田间劳作时,哼着山歌干起活来有一种特别轻松、舒适、起劲的感觉。崇明山歌,有着火一样的热情,水一样的柔情,海一样的深情。崇明山歌,纯朴乡味的唱腔,泥土芬芳的唱词,沙地风情的气息,直抵人的心灵深处。

崇明山歌的题材丰富多彩,原野上的花花草草,五谷杂食,通过这些植物都能表达愉快的心情;四季中所能看到的动物都会在歌声中赋予不同的意义;生产生活中所有物件都可成为歌曲的内容。崇明山歌的调子多种多样,随编随唱,风趣幽默,朗朗上口,并且根据不同工种和不同场合都有不同的山歌曲调。于是,只要有人干活的地方,悠扬而婉转动听的山歌不绝于耳,唱得人们在田间干活越干越快乐,越干越欢畅。如插秧时唱的插秧歌,挑担时唱的挑担歌,赶牛时唱的赶牛歌,纺纱时的纺纱歌,织布时的织布歌以及船工号子歌等等。尤其是冬季农闲,开河筑岸时,成群结队的民工,边挑泥边唱山歌,浩浩荡荡的队伍,雄浑有力的歌声,在河岸上空飞扬,场面十分壮观。还有插秧时,人们边插秧边唱山歌,有时还与隔壁田间的人们进行唱山歌比赛,那优美动听的山歌响彻田间云霄,这也是一年中田间劳作时最热闹的时候。再有如砌屋夯地基时,那十来个人边夯地边唱夯歌,现编现唱,悦耳动听,高亢激昂。这震撼人心,豪放欢愉,透着原始野性,张扬着海岛人民乐观天性的山歌里包含着劳动人民的辛勤汗水,包含着他们对民间艺术的尊重与弘扬,包含着他们对生活的热爱与向往,更是包含着沙地人民的精气神。正是这些荡气回肠、催人奋进、提神养心,充满着幸福和温暖的山歌,滋润了乡亲们辛苦劳作的日子。然而,自从我 20 岁参军离开家乡后,40 多年没有听到这原生态的家乡小调,这次在音乐会现场体验了一回实景崇明山歌,犹如吹来一股清风沁人心脾,让人们记住了乡愁,增添了自信,真是既饱眼福,又饱耳福,令人叹为观止,流连忘返。

　　演出结束后,室外纷纷扬扬的雪花仍在纵情飞舞着,在街上璀璨的灯光映衬下,分外妖娆。撑一把雨伞,行走在雨雪中,细细地品味着剧中的情景,这柔曼优美的声音点燃过青春,涤荡过梦想,那生生不息的潮水声好像隐隐约约随着雪花在耳边回荡着,让我魂牵梦萦。

鹊鸣声声影重重

　　崇明地处江海交汇处，气候温和，四季分明，加之近年来，随着生态岛建设的不断推进，树木越来越多，越长越大，独特的沿海地貌和丰盈的绿色自然环境，形成了错落有致的生态景观。在给人们带来种种欢欣的同时，也给鸟儿创造了良好的生存环境，吸引着众多的珍稀鸟类在这里安家落户，传宗接代，尤其成为喜鹊栖息的天堂，白肚黑羽聚集在行道树的枝头，一年四季鸣声不断，招人喜爱。

　　鹊是传统的吉祥鸟，鹊鸣兆喜的观念自古以来便积淀成中国人的传统情结。直到今天，人们依然把飞鹊临门栖枝欢鸣当作将有好事来到的吉兆。鹊鸣兆喜的观念，是古人对鹊有预知风向、晴湿之能力的认识。在《易卦》《淮南子》等古籍中，鹊被称为"阳鸟"，天性恶湿，所以又叫"干鹊"。干鹊恶湿喜燥的禀赋，使它具有感应气象变化的本能，进而成为人们利用物候来预测气象的铺垫。晋葛洪《西京杂记》称："干鹊噪而行人至"，就是根据鹊鸣来预测气象和行事。

在喜鹊的天堂王国里畅游,会不知不觉地被喜鹊们高贵优雅的身姿形态所感染,黑白分明的喜鹊孤高、圣洁,或立或翔,神态自若地在树枝上交颈摩挲,关关嘤嘤,在田间鼓翼欢歌,和谐争鸣,像亭亭玉立、肆意绽放的花朵,美丽动人。若是喜鹊在蓝天白云下飞翔,与天水融为一体,像极了一幅油画。在阳光柔和的时候,它们每天都在树枝上叽叽喳喳,它是在唱歌给花儿听的,花儿一听到歌声就笑盈盈地伸展着身姿,此时,这个世界生机盎然。

人们常说,林子大了什么鸟都有才是好生态。然而,喜鹊喜爱在高大的枝头高高在上地生活。期间,喜鹊登枝是这些欢欣中最生动的景象。在晴朗的天气里,高高的树枝上阳光斑驳,玲珑美丽的喜鹊们翘着长长的尾巴,以一身黑白鲜明的装扮登在枝头亮着歌喉,在树枝上跳来跳去,跳上跳下,在树林里来回穿行,精彩灵动的美,令人心醉神迷,带来好心情。

夏日里,天刚亮,宅院里的公鸡引吭高歌,绿荫如盖的树上,鸟儿轻声细语,喜鹊喳喳,清脆悦耳,不亦乐乎。行走在田埂上,面迎田野吹来的风,稻苗长得正疯,密密满满的,像少女的青发,迎风飘拂,妩媚动人。此时,你会看到几只喜鹊聚集在田边行道树的树枝上,它们边跳跃边鸣叫,即使你停下来仰头观望,它们也不会惊慌失措地飞走,依旧站在那里,旁若无人地欢唱着属于它们的歌谣,好不快活,恰似欢迎远道而来的宾客。

喜鹊对待生活是勤劳的执著的,正如有人说的那样:"工作要像蜜蜂,生活要学喜鹊,作风要如啄木鸟。"到了秋天,秋风萧瑟,树叶落尽,星罗棋布的喜鹊窝暴露在树枝上,此时的喜鹊们正在飞来飞去,进进出出,或衔着树枝稻草重建家园,或运送着它们过冬的物资,忙得不亦乐乎。到了春天,经过喜鹊妈妈的精心孕育,毛茸茸的小喜鹊诞生了,几天之后,当它们能伸直脖颈啄取妈妈嘴中的食物,样子极为可爱。又见喜鹊妈妈不厌其烦地到处觅食并倾心喂养小喜鹊,母爱的伟大让人为之动容。面对此情此景,让我联想起童年时代的家乡,虽然生态环境要比现在好,但高大的树木不多,加上人为地对鸟类捕杀,使喜鹊难以搭窝生存,因此很少见到喜鹊窝,更是难见到象征着吉祥如意的喜鹊的身影,它们总是远走高飞,无处安家。

如今,乡村相对比较偏僻、闭塞,但是偏僻与闭塞有着她的好与妙。在这里没有了繁华,但也没有了喧哗,没有了热闹,但也没有了吵闹。这里自然的风光显现着古朴醇美,这里散漫的日子彰显着闲适优雅,这里自如的节奏舒张着轻松祥和,然而,这里更是有了众多喜鹊的陪伴,以及那鹊鸣声声影重重的情景,给海岛人民带来吉祥和喜气。

牛角印章溢深情

　　近日在家整理书柜时,偶尔发现了一枚已闲置多年不用的印章,于是它勾起了我的一段往事回忆。这枚印章还是 1961 年,我在横沙岛手工业社当学徒工时,社里的一位姓查的师傅用水牛角刻制并送给我的。

　　他叫查子才,当年大概也不过 50 岁左右吧,却是横沙岛上远近闻名的篆刻能手。因为你无论提供什么材料,但只要经他手篆刻出来的图案和印章,都银钩铁划,刀法老辣,线条流畅,惟妙惟肖,彰显出乡间艺人那高超的技艺和深厚的功力,深受人们的喜爱。

　　有一次,我惊奇地发现,他在坯材上并没有事先画上什么线条和字样,却随手刻出了名字来,且速度快得惊人。我好生奇怪便问他,你是怎么刻出来的。他未多加思索随口说了一句:"这没什么诀窍,无非熟能生巧罢了。"又说,"如你喜欢,我也给你刻一枚好了。"面对这意外之喜,我求之不得,自然高兴极了。

于是,查师傅边说边从一旁的书柜里取出一块印章坯,从开始打磨到刻字,前后不到一个小时,就刻成了这枚工整娟秀,舒放自然,气韵生动的隶书体印章。印章刻好后,他还给我挑选了一个也是用水牛角雕刻成的工艺精致的印盒一起送给了我。我真是如获至宝,心中充满了喜悦和感激。如今整整55个年头过去了,往事历历在目,印章、印盒久别重逢,自然喜上眉梢。

印章在从前是很重要的凭据和信物,人们在日常生活中用途非常之广泛,或用于领取工资,或用以提取邮件、包裹等。那年,我在生产队担任现金出纳员和记工员,可谓天天都离不开它,这枚印章真是派上了大用场。然而,在那个年代,乡民们大凡使用价格低廉的木质印章,这样一枚牛角印章可算得上是贵重的奢侈品。因此,在使用过程中,常常有人投来赞赏和羡慕的目光,也给我带来了一时的风光和自傲。

用水牛角作刻制印章的原料,源于当时农村贫穷落后的艰苦岁月。水牛是农家的主要帮手,耕地、运输拉套都少不了它。因此,在横沙岛上,四散的水牛星星点点,随处可见,水牛角是取之不尽,用之不竭的材质。如今,种地早已被机械化替代,牛耕时代也早已退出了历史舞台,这种用水牛角制作的老印章日益成为稀罕之物。

刻章不是单纯的文字美化,而应该是一种精神。古人云:"书,心画也。"现代人也常说:"字如其人。"说的就是书法字迹中透露出作者的为人及性格。查老师为我刻的那枚印章,方寸之间,气象万千。这是一种以极为凝练的形式,展现多重审美意趣的艺术。查师傅刻制的印章里既有深厚的功底,又有深广的内涵,更有他多年经验的积淀。现在,随着时代的进步,印章已逐渐淡出人们的视野,查师傅也早已不在人间,但记录着那段艰苦岁月的水牛角印章上,那清秀灵动、富有鲜明个性的隶书体和精美别致的印盒却一直给我留下了凝重而朴实的记忆,更是寄托着查师傅那种精益求精的敬业精神的深深情怀,我将它铭心珍藏下去。

紫苏泡茶解蟹寒

"秋风起,蟹黄肥。"大闸蟹此时体大膘肥,金爪黄毛,肉质鲜嫩,美味无比,爱不释手。大闸蟹是高蛋白食物,含有丰富的维生素和微量元素,有滋阴补阳的作用。但是,由于大闸蟹性寒,有很多不能与之搭配同食的食物。如柿子中含鞣酸,蟹肉富有蛋白,二者相遇,可凝固为鞣酸蛋白,不易消化,食物容易滞留在肠内发酵,导致呕吐、腹痛、腹泻等症状;梨,味甘性寒,蟹也性寒,二者同食,易伤人肠胃;花生,性味甘平,脂肪含量达 45%,故蟹不宜与花生同食,肠胃虚弱者尤应忌之;泥鳅,据《本草纲目》载:"泥鳅甘平无毒,能暖中益气,治消渴利水,阳事不足。"可见,其性慢补,而蟹性与此相反,故二者不宜同吃;还有如香瓜、冷饮、茶水等也不可与蟹同食,否则会有损肠胃。看来美味不是那么容易就可以随便吃的。

然而,紫苏可解蟹寒。紫苏,草本植物,有棉花枝干高大,叶子与黄豆叶大小,籽与油菜籽相似。紫苏,春天发芽,夏天叶茂,秋天结籽,冬天枝叶枯黄。紫苏因枝叶为紫色而得名。

紫苏,在家乡崇明岛,随处可见。由于野生在田间地头、农家的房前屋后,无须施肥和培管,长年经受雨淋、风吹、日晒,吸天地之精气,纳日月之光华,是一种无污染的纯绿色天然植物。到了秋天,人们将枯黄的紫苏枝叶洗净晒干,切成细末,制成茶叶,喝着用开水泡出来的紫苏茶,甘味绵长,浓香四溢,色泽明亮,助暖驱寒,回味无穷。

如今,这极为普通的野物已登上了大雅之堂。在崇明岛上,一些饭店,包括一些知名的酒店都用紫苏、姜片和黄酒当作煮蟹时的调料,吃过蟹之后,再喝上一杯紫苏茶,能驱解蟹寒,有益于对肠胃的养护保健。除此之外,在崇明岛上,还有吃蟹后吃甜芦粟的习惯,芦粟的长纤维和清甜汁水可以帮助吃蟹人漱去口腔的蟹腥,起到利尿通气固肠胃助消化的作用。

秋风微凉,一边吃着鲜美的蟹,一边慢慢喝着浓郁飘香的紫苏茶,再吃一根爽口的甜芦粟,一股纯朴的家乡的味道弥漫开来,沁人肺腑,清新隽永……

插红根香记情怀

儿时家乡崇明岛,每逢农历七月三十那天地藏菩萨生日时,家家户户都有插红根香的习俗。

当夜幕降临时,各家各户房前檐下走道,都插红根香。这种香是乡间土法特制的,将竹子劈成细杆,上半部是香,下半部染红当作棒头插入泥土。于是,点燃后的红根香满宅院香烟袅袅,星光闪闪,形成一条条跳跃游动的火龙,光彩夺目,场面壮观。

农历七月三十为地藏菩萨诞辰。相传,地藏,是梵文"乞叉底蘗婆"的意译,即地狱的主宰和亡灵的引导神,为佛教大乘菩萨之一。佛经上说,他是释迦灭后至弥勒出现之间,现身六道,救度天上以至地狱一切众生的菩萨,认为他像大地一样,含藏无量善根种子,故名。平时地藏王闭目不开,此夕人间插地藏香才开眼,乡间也叫"地藏开眼"。据称,地藏菩萨曾许重誓:"众生度尽,方证菩提,地狱未空,誓不成佛。"充满着哲理和无私、无畏、无怨、无我的奉献精神,深得民心,广受民众的爱戴和信赖。

那时候崇明农家把地藏菩萨生日当作重要节日对待,尤其是那天晚上崇明乡间还有吃甜芦粟的习俗。据说在地藏菩萨生日的晚上吃甜芦粟,不但可以避邪恶,而且能强身健体少得病。其实甜芦粟本身就含有碳水化合物、脂肪、蛋白质、铁、钙、磷等多种营养成分,又有性凉降火,清肺润肠,祛疾疗病之功效。民间称小孩在夏令日食 3 支甜芦粟,就能不生或少生"热疖"。因此,那晚对于孩子们来说吃甜芦粟是最快乐的事。傍晚时分,大人们将平时舍不得吃的甜芦粟从田间一支支地砍下,扯去一片片枝叶,放进宅院。待吃过晚饭后,先是由大人领着孩子们开始点燃红根香,并将它一根根小心翼翼整齐地排列插入门前屋檐下。接着,全宅院的人围坐一起吃甜芦粟,大家一边欣赏着红根香美景,一边听大人们讲述地藏菩萨故事,互相还不分彼此地交换着品尝各家不同品种的甜芦粟,直到吃得舌疼牙酸,香火熄灭,眼皮打架,一切沉浸在夜色中,才回屋休息,进入甜甜梦乡。按民间习俗,此夜不可在地上倒水,不可跨红根香行走。次晨清早天刚亮,孩子们便早早起床,拔出已熄灭香火的红根香棒杆,作一种叫"挑棒棒"的深受大家喜爱的游戏玩具,东奔西跑,玩之不倦,其乐融融。

那时候对于小孩来说,为啥地藏菩萨生日要插红根香的事全然不知,只知好奇好玩。长大后,我读了有关资料才知道,地藏菩萨其实是新罗国(今韩国)王子,本名金乔觉,唐开元七年(719),时年 24 岁的他渡海来中国,落脚九华山,苦修成道 75 载,于公元794 年(寿 99 岁)圆寂,佛徒们以他生前苦行,坐化后形迹与经典所载的地藏菩萨相若,尊之为地藏菩萨化身,普度众生,功德无量,辟九华山为地藏菩萨应化。从此,九华山成为闻名海内外的地藏菩萨道场,远近焚香者,日以千计。九华信奉释迦大乘教,大乘的要旨是利生济众,由四大菩萨实施。文殊表大智、普贤表大行、观音表大悲、地藏表大愿,合称佛教重智慧、实践、慈悲、尊愿四大精神。九华地藏菩萨"我不入地狱,谁入地狱"的精神是大乘教精髓之所在。人们常说,到五台山求学问,到峨眉山求事业,到普陀山求子嗣,到九华山求运气。由此可见,农历七月三十,崇明乡间插红根香的习俗,是期待岁月静好,天地安详。期盼风调雨顺,五谷丰登,百业待兴。祝愿人皆安宁,时皆如意。更是祈求佛祖地藏菩萨护佑百姓好运相伴、平安相随。

如今,地藏节这一习俗已在民间消失了。但对我们这一代人来说,回忆曾经经历过的这一独特的带有海岛泥土气息与浓郁地方色彩的地藏菩萨生日时岛上人家插红根香的习俗,可回味千年历史的古老传统民俗文化,借以表达对理想的期盼,寄寓对未来生活的憧憬。

难忘当年掰手腕

    在我儿时的记忆里,乡间的体育活动方式十分单调,既没有正规的体育活动场所,更没有正规的设施,基本上都是土法上马,就地取材,自娱自乐。

    然而,在乡间,最常见的体育活动是掰手腕,又称拗手劲,是一种相互间比试臂力的游戏。掰手腕的方法十分简单,只是双方的左手或右手紧紧握在一起,胳膊肘固定好位置后,双方同时向相反方向用力,谁先将对方的手压下去就是胜者。

    上学时,掰手腕成为小朋友们之间常见的一种比试力气的游戏。课余时间或是放学后,常常会有一群孩子聚集在一起,二人一组摆起擂台,进行比赛,全班同学为其助兴鼓劲。比赛中,各组的赢者作为擂主,再由擂主进行淘汰赛,最后决出冠亚军。掰手腕游戏给单调枯燥的学生生活带来了无尽的乐趣。

    长大后参加生产队劳动,这种掰手腕的游戏也搬到了田间。劳动间隙时,在田埂上、稻田边沿摆起了擂台,青年社员们有的掰手腕,有的还用扁担拗手劲,即一人握住扁担一头,一人在另一头进行旋转,转动者为赢。年长者在一旁观战助阵,欢声、笑声响彻田野上空,其乐融融,解除了人们劳作的单调和苦闷,让生活变成了喜悦和甘甜。

记得那年参军后,分配在舰艇上,海上生活十分单调寂寞,于是掰手腕成了一项经常性的娱乐活动,训练之余,官兵们聚在一起,在甲板上玩起了掰手腕。同时还因地制宜创造了多种形式的比手劲游戏,如用擀面仗或拖把柄作为游戏工具,比赛开始时,两个人各持一头,其中一人紧紧握住一头,另一人握住另一头后旋转杆柄,转动为赢者。每逢此时,比赛者、围观者聚在一起,顿时,甲板上笑声、掌声、吆喝声响成一片,给严肃紧张的海上生活增添了不尽的欢乐。

掰手腕,不仅起到了强身健体的作用,又增进了相互间的友情,活跃了校园、乡村、军营的业余生活。如今,无论是城市还是乡村,锻炼身体的活动场所和各类健身器材比比皆是,体育活动丰富多彩,掰手腕的场景早已不见了踪影。然而,旧时掰手腕游戏的情景却深深地印在我的脑海中。

堡镇与布镇由来

在崇明岛上有"桥(桥镇)、庙(庙镇)、堡(堡镇)、浜(浜镇)"之说,意思是指这四座镇算是岛上的大镇。顾名思义,堡镇是有土堡的地方。堡镇历史源远流长,据《崇明县志》记载,明万历四十五年(1617),为防御海寇的侵扰,当时的崇明知县表仲锡呈请上级获批准后筑堡城一座。所谓堡城,实为土堡,根据地势而筑,呈四方形,堡的每一面长度约2里,四面方圆约8里,高约1丈,宽约2丈,堡内有良田桑竹。到了明末,因居民日增,商贸繁荣,形成集镇,称作堡城镇,简称堡镇。当时为县属镇,是本县工商业主要集镇,崇明岛东半部地区经济、文化、军事和交通的中心。

堡镇何又称布镇,不得而知,也无法考证,只是我们小时候,人们习惯都叫布镇,却很少有人称堡镇。最近,经打听一些老人,对布镇的说法众说纷纭,有的说是堡的简化,有的说是与堡同音,但也有人说,与堡镇地区的生产布有关。原因是,堡镇工商业最大的特色是棉纱业繁盛。崇明是产棉区,盛产棉花,几乎家家户户都种棉花,家家都纺纱织布。到了 20 世纪初,南堡镇人杜少如与他人联手在堡镇开办了一家花布店,生意做到浙江、上海等地,以后又与他人合作集资创建纺织股份有限公司,先后在堡镇建成大通纱厂和富安纱厂,以使全崇明的花、纱、布业最旺盛处就在堡镇。据记载,1922 年大通纱厂建成投产时,共有职工 1 000 多人,当年产纱 932 吨,产值 1 007 400 元,获利 86 198 元,并把生意做到全国各地,被视为纱业界的奇迹。于是,堡镇街头,布店星罗棋布,随处可见本岛人及外地客人来这里进行布匹交易,生意兴隆,于是,堡镇的名声越来越大,人们便将堡镇称为布镇。

就这样,久而久之,习以为常,人们一直把堡镇叫作和写作布镇,布镇二字深深地扎根在人们的心中。

难忘那段师生情

　　常言道,老师是人生最早的启蒙者。这话千真万确。回想起我的学生时代,老师们不经意的一些话、一些行为,虽然已过去几十年,却仍令我难忘,成为前进路上的精神力量。

　　1960年,我在登瀛小学读六年级,班主任是位女教师——陈衍老师。当年六年级有三个平行班,分别为甲乙丙班,我被分在丙班,有40多名同学。担任班主任的陈老师还是个年轻姑娘,20多岁的样子,梳着一头齐耳短发,长得文文静静,看似有些瘦弱,但却有韧劲,有时还显得有些严厉。

　　陈老师是教语文的,她为了提高学生的语文水平,可谓费尽心血。她除了在课堂上教课本知识外,还经常组织学生到农村、工厂去实地劳动锻炼或学习考察,以增强学生的感性认识,并且从最基础的知识开始,在课堂上一点一点细细点评,每一次讲解都会给学生一次启发。记得我那年写了一篇题为《公社纸袋厂参观记》的作文,经她批改后,作为范本在学校的墙报上刊登,同时她对作文的段落、把握的要点等进行讲评,并推荐我担任宣传委员。她常常说,要写好文章,必须注重真情实感和细节,有了真情,有了细节,才会打动人。陈老师对教学的勤奋认真也在我幼小的心灵中播下了理想的种子。

陈老师经常不厌其烦地给同学辅导,也经常在放学后,对同学在课堂上所学内容不懂之处进行补课,并苦口婆心地反复讲解,提出改进的要求和要领。她那充满热情、精益求精的敬业精神,使同学们心服口服,深受鼓舞。

最让我难忘的是,有一天上课时,同学们看到陈老师时不时地往门口的痰盂里吐口水,最后竟在口水中带有红色的血水,后来才得知,年纪轻轻的她患上了严重的胃炎,这是她在学生时期,勤于学业经常废寝忘食而积劳成疾。尽管陈老师说话声音有点虚弱和强忍着胃炎发作时吐酸水的痛苦,但她在讲课时仍然带着浅浅的微笑,讲得那么认真和自信。每每看到此情此景,班里的纪律特别好,连平日里几个调皮的学生都坐得端端正正,全神贯注地听她讲课。

斗转星移,岁月荏苒。小学毕业后,因家境贫困,我先回乡务农,后参军入伍,一直到转业回地方工作。如今,50 多年过去了,我们这些当年曾经的学生已接近古稀之年并已升格到祖辈的位置了,但每当回味那年、那段师生情,总是让我一辈子感恩、感念。然而,当我写完这篇短文时,得知陈老师在两年前因病离开了人世,但她的音容笑貌永远浮现在我的眼前,那熟悉温柔的声音至今萦绕在我的耳边,那勤奋的品格,博大的胸怀,执著的精神,拳拳的爱心,质朴的形象驻留在我脑海中挥之不去。

忆情航风船往事

　　过去,崇明人出海岛,唯一的交通工具便是乘航风船(也叫"沙船"),这是一种没有机器动力,完全利用潮流和依靠风帆助力航行的小木船,主要用于运输货物,有几吨的,也有几十吨位的。崇明沙船是江南地区颇具代表性的船型,与福船、广船、乌船同为我国古代四大船型之一。

　　航风船乃方头、平底船,有一桅一帆(帆,乡间称篷),两桅两帆的,也有多桅多帆的,根据船的大小而设定。每艘船一般连船老大共 2—3 人,由船老大掌舵定方向,进行海上物资运输。由于此种船型吃水较浅、甲板构筑物较少,因此阻力也小,航行起来比较灵活、平稳。据传郑和下西洋所用之大沙船,以及当年人民解放军百万雄师横渡长江天险,所征用的船只也系此种沙船,真可谓历史悠久,功不可没。

　　航风船决定了崇明先祖渡海来崇明和崇明人的出海方式,同时也锻炼了崇明人造船的智慧和能力。航风船的造船师傅都是当地土生土长的人,他们的技艺是祖传的,造船所需的材料也都是就地取材。工匠们利用当地的榆树、槐树木、桑树木做龙骨及横梁,用杉木、松木做船帮,采用传统的铆榫结构将各部连接起来,并用麻丝、桐油和石灰将其捣烂成泥子镶嵌(几乎不用铁钉)在缝隙间,再用桐油将船体内外涂刷透彻,直至周身油光铮亮。一艘刚涂过桐油的船,在阳光下黄澄澄的,非常耀眼。经过这样的处理能保证船舶在航行途中不渗漏进水。

那时候,航风船是岛内外运输的主要交通工具,岛上各港口内,常常可见桅杆林立,蔚为壮观。出海时,张挂船蓬,扬帆起航。风平浪静的季节里,江面上船只星罗棋布,穿梭不息,风帆点点,号子声声,响彻云霄,热闹非凡。夜间,江面上沙船的点点灯光,与夜空中的闪闪星光融为一体,幻觉似梦境。尤其到了秋末初冬时节,崇明岛上的大白菜等各类农产品运往城市,城市里的物资和肥料运往海岛,成群结队的船只,白帆高高,满载货物,浩浩荡荡,鼓着秋风,徐徐往来,或南下北上,或西行东出,一派繁忙景象,成为一道靓丽的风景。

航风船不像机动船,发动机声音吵得心烦,在江海中航行,凭借着风力和船蓬的作用,将江水轻轻划开,一道道涟漪荡漾开来,泛着斑斑点点的光,如梦如幻。一群群海鸥伴随着,或在江面上空翱翔,或在浪花中追逐,与坦荡的滩涂和两岸旖旎的风光交相辉映,别有一番情趣,令人心旷神怡。

20世纪70年代,航风船加装了柴油机动力装置,于是便被称作"机帆船"。再后来,风帆也取消了,彻底成为机动船。木壳也改成了铁壳,吨位逐渐增大,航速快,航效高,安全有保障,崇明人在驾驭自然力方面终于有了一点自由权。由于崇明岛处于长江入海口,风急浪高,即使是机动船,其抗风能力也有限,仅适宜在长江口及沿海区域内航行,遇上台风等恶劣天气,那也只得停航了。江海上航行,要是碰上顺风顺水时,逍遥自在,轻松自如,要是遇上风浪时,全靠船老大熟练的掌舵技能和巧妙的实践经验,真可谓是"看风使舵,各显神通"了。

到了新世纪,岛上的交通发生了翻天覆地的变化,尤其是长江隧桥通车,水运逐渐被汽车运输所替代,航风船也逐渐淡出了人们生活。如今,陪伴着沿江海民众千百年历史的航风船已成为过去,人们只能从航海博物馆,或者旅游景点中尚能见到这种船舶的风貌。

航风船曾为崇明航海事业做出过贡献,每每想起它的靓影,就会勾起浓浓乡情。

想起那把老竹椅

　　哥哥家有一把老竹椅,已有 50 多年的历史。老椅子历经岁月磨炼,虽已是斑驳沧桑,椅座和靠背处已磨得发亮,整个骨架却颇为坚固、硬朗。

　　老椅子是 20 世纪 60 年代初,我和哥哥在横沙手工业社工作时,竹匠师傅施千郎老伯伯做的,那时的他已是近 90 岁老人,但身子硬朗,手脚灵活,做这张椅子只花时两天。

　　施千郎师傅是崇明人,原是做扎竹的,当时上海第一百货商店等许多老建筑建造时,都留下了他的足迹。以后他只身一人在横沙岛,做竹椅是自学成才。做竹椅是细活,每一道工序都要精益求精,不能有丝毫的马虎和差错。他虚心向艺人请教,反复摸索。功夫不负有心人。经过刻苦勤学,他技艺高强,做工精巧,成了当地出名的老法师。经他做的一把把椅子,既是结实价廉的实用品,又是精巧物美的艺术品。施师傅为我哥哥做的那把椅子,选料精致,做工精细,式样比一般椅子高大许多,做成后显得更为结实耐用和美观。

50多年来,这把竹椅成了一家人的宝贝物品,真是爱不释手,不离不弃。一年四季,平时家里人享用,工作之余坐在竹椅里享受清闲。要是邻居或亲友来串门,供客人们享用,坐在竹椅上谈天说地,优哉游哉,其乐融融。

过去在乡村,竹椅可是每户人家的必备之物,它经济实惠,加之轻便易于搬动,深受人们的喜爱。每到夏日的夜晚,宅院里会坐着许多乘风凉的人,大多数人坐在竹椅里,手中蒲扇缓缓地扇着,清凉的风徐徐而来,谈笑风生,听着大伙讲述着那永远讲不完的乡间故事和邻里间的说长论短,特别的舒适、惬意,渐渐地进入梦乡,不知不觉度过了那漫长的夏夜。那一把把竹椅也成了夏夜乡村一道靓丽的风景。

随着时代脚步的前行,竹椅渐被沙发、藤椅、木制椅等替代,做竹椅的师傅或年老或已转行,年轻人几乎没有学的,这一技艺行将失传。炎热的夏日里家家有了电风扇或空调,坐在竹椅上乘风凉摇蒲扇的情景也已淡出了人们的视线。但那张老竹椅不仅承载着欢乐和安逸,还记录着个人、家庭的历史变迁与社会发展轨迹,而且人坐在竹椅上比沙发更能坐得端,坐得稳,对强身健体也有好处。

崇明山药胜补药

　　秋冬果实丰收,其中最具明星气质的当属有补药之称的山药。

　　山药,终年生长在不见天日的土中,却有着一身曼妙柔嫩的白色,一点也不逊色于日光下雨露中垂在枝头的果实。有道是,常吃山药胜吃补药。山药各地均有栽培,是一种秋冬季节供应市场的食物。众多的山药中,崇明山药可谓是其中的上品。崇明地处江海交汇处的长江入海口,四季分明,阳光充足,雨量充沛,土地肥沃,空气湿润而纯洁。得天独厚的地理环境和优越的生态资源,农作物生长自然良好,更适宜山药的生长,养育出高质的山药。

　　崇明山药,形似佛手,也称"佛手山药"。它不但具有水净、地净、空气净的环境优势,而且是纯生态种植,为食疗兼备之蔬菜,它富含淀粉、碳水化合物、蛋白质、粗纤维、维生素、糖以及多种矿物元素和氨基酸,对止痛、助消化、益肺固精、滋补强身,以及治疗糖尿病、小儿腹泻等病症大有裨益,被列入药膳之列。常吃山药,对人体有非常好的保健作用,适合举家长期食用。

崇明山药,个头粗壮,肉质脆嫩,洁白如玉,切薄片,一炒就熟;切段块,一烧就酥。出锅装盘后,色泽鲜丽,看起来已是舒服,口感毫无滑腻之感,扑鼻的香味袅袅飘进鼻腔,风味独特,百吃不厌,沁人心脾。

崇明山药,是崇明的名特优蔬菜之一,是秋冬蔬菜中的珍品,不愧为崇明的金牌素品。

山药,也称薯蓣,以根茎入药。山药药用历史悠久,在《山海经》和《神农本草》中列为上品。其性味甘、平、温,具健脾、补肺、固肾、益精之功能,主治脾虚、泄露、久痢、消渴、遗精、带下、虚劳咳嗽等症,对糖尿病患 者更具有独特的效果。《本草纲目》认为,山药"益肾气,健脾胃,止泄痢,化痰涎,润毛发"。山药营养丰富,可药可食,长期服用可以达到滋补养生,辅助治疗的双重作用。

据药理研究证明,山药的免疫抗衰老作用明显,能调节免疫平衡,有抗衰老、延寿的作用。山药中的黏液蛋白能预防心血管系统的脂肪沉积,保持血管弹性,防止动脉粥样硬化,并减少脂肪肝的发生。现在酒店餐桌里,有时会上一大盘,盛着玉米、山芋、山药、毛豆、花生、芋艿等,谓之五谷杂粮,可算作饭,也可算作菜。

秋冬季是食材最丰富的季节,在家乡,更是少不了崇明山药的。进了腊月,百姓家的厨房、院落,都成了崇明山药一展风姿的舞台,有滋有味的日子中总有它们的身影。

问路寻人见真情

20 世纪 60 年代末同我一起入伍的两位同乡战友,自从 70 年代初复员回乡后,因种种原因失去联系,至今已整整 43 年。

近日回故乡崇明寻访时,每到之处,得到了当地乡亲们的热情指路和真诚相助,甚为感动。秋日的一天,在寻访过程中,一路上,所遇到的几位乡亲,他们不仅告诉我,两位战友的家住在哪村哪队,还将住房的特征,如这家是白墙红瓦,靠近马路边;那家是四周有围墙,靠近河岸边,一一同你讲得清清楚楚,让你一目了然。

这次问路寻战友,特别让我感动和难忘的是:当我向一位年轻小伙打听时,战友的名字他不清楚,但他不厌其烦地帮我询问两位与我的战友年龄相仿的老乡,很快便知道了战友的下落。还有一位在田间劳作的中年妇女,当我上前问路时,她不但马上放下手中的活,还为我一路指引,一直把我引领到战友的宅前。

可当我走进战友的宅院时,结果是铁将军把门。此时,住在战友隔壁宅上的邻居见后,马上迎上前来,热情地告诉我,他在市区工作,平时不回来,只有星期天回来。当我向他说明来意后,这位邻居还让她的女儿用手机联系对方。就这样,由于众多乡亲的热情相助,很快使失去联系40多年的老战友,顺利的得到了联系相聚。

从这次的寻人问路中,也使我想起了在市区生活的几十年中,住在高楼里,一个小区、一栋楼,甚至是一个楼层的隔壁邻居,虽说天天见面,也时常碰到乘一部电梯上下楼,但相互之间只是点个头,都不知对方姓什么,叫什么,很是陌生。

此次回家乡崇明问路寻战友,仿佛让我重回青少年时代。记得那时候在乡间,不用说一个生产队,就连一个村的人互相之间都非常熟悉,都能叫出名字,要是有点小名气的,全乡都知道。这次问路寻战友,让我又一次感受着那种浓浓的亲情、友情和欢乐、放松、无拘无束的情景。

遥 想 当 年 大 鹿 岛

    1987 年,我担任海军观通部队政治处主任期间,所属部队驻守在辽东半岛绵延 800 多公里的高山海岛上。其中,被称为我国大海东部零点处的大鹿岛,地处黄海前哨的鸭绿江入海口,北与大孤山隔海相望,东与獐子岛唇齿相依。遥望孤岛高耸,兀立海面,如一只梅花鹿卧于黄海之中,与韩国、朝鲜毗邻,面积约 6 平方公里,岛上只有几百户人家。驻守在岛上的官兵条件艰苦,尤其是上下岛更是困难重重。每逢冬季,天寒地冻,海面积冰,时常还会遇大风,加之往返岛上载客的木制小驳船抗风能力差,交通受阻是家常便饭,经常是到了岸边上不了岛,到了岛上下不来。

    我在该团任职三年期间,多次去大鹿岛,又多次因交通受阻,开往岛上的客船停航,或被阻在岛对岸的大孤山镇,或被困在岛上,一待就是好几天。记得那年冬天,我带领团里几位同志到大鹿岛的连队进行年终考核,从旅顺出发,行车 8 个小时,到了丹东大孤山,因遇上风浪,当天上不了岛,一待就是三天,后来待风浪稍转小,与站领导同驻地渔民商量,派渔船到大孤山接我们上岛。可到了考核结束时,大风还是刮个不停,于是,待到次日后半夜三点风转小后,让渔民派船把我们送到对岸大孤山镇。

尽管海岛连队远离大陆,条件艰苦,可守岛官兵,以岛为家,以苦为乐。由于陆地对海岛补给有困难,官兵们除了种植蔬菜、养猪养鸡鸭之外,还靠海吃海。大鹿岛盛产梭子蟹、海螺和杂鱼蛤等,每逢春秋旺季,官兵们利用节假日到海边捉挖,用不了多大工夫,便满载而归。可谓是取之不尽,用之不竭,其乐融融,其乐无穷。

大鹿岛上生态环境良好,林木森森,植物繁茂,气候宜人,浪缓沙柔,为中国北部海角最大的天然浴场,也是浅滩拾贝、傍晚垂钓、大海冲浪、晨观日出、夜伴涛声的理想去处。大鹿岛是当年中日甲午海战第一炮打响的地方,在小岛西南方20海里处,海底长眠了中国第一代海军"靖远""致远""扬威"舰,邓世昌、刘步蟾、林永升及千百名官兵长眠此海。岛上有二郎石、嘎巴枣树、滴水湖、老虎洞、骆驼峰、邓世昌墓和塑像以及明代将领毛文龙碑、海神娘娘庙、英式导航灯塔和丹麦教堂遗址等多处自然和人文景观。

由于下部队期间,时常因交通受阻上不了岛时,就停留在丹东市西南东沟县境内大洋河河口右岸的孤山镇,因而,游大孤山便成了官兵们的"经常项目"。孤山镇环绕其南麓,沿石径登山,即可遍游景点。大孤山陡峭挺拔孤立于黄海之滨,兼得海山之胜,其山脊状如锯齿,主峰海拔近340米。大孤山山腰有一组寺庙建筑,供奉着儒释道的创始人和重要的神、佛、仙,如孔子、释迦牟尼、玉皇大帝、地藏王、药仙等,是一组典型的"三教合一"建筑。整个建筑皆为砖木结构,飞檐翘角,画栋雕梁,十分美观,占地面积 5 000 平方米,始建于唐,重修建于清乾隆年间和清中晚期,是辽东保存最完好的古寺庙建筑群之一。

该寺庙在当时还尚未成为旅游景点,除了当地香客外,游客甚少,显得冷清。据说如今成为辽东著名的旅游风景区,每年来这里参观游览的游客络绎不绝,大鹿岛也已开发成为新兴的旅游胜地,每年八九月是大鹿岛的旅游旺季,游客最多的时候,上岛人数达 6 000,异常热闹。

如今离开部队转业地方,一晃近 30 年过去了,遥想当年大鹿岛的往事,仿佛就在昨天。

难忘大黑山往事

　　大黑山，又名大和尚山，位于大连市金州城区东约 5 公里，海拔 663 米，是辽东半岛南部地区的最高山。大黑山，东濒黄海，西濒渤海，与山东半岛遥相呼应。这是绿树掩映，郁郁葱葱，山路蜿蜒，古迹众多，景色秀美。春之杏花，夏之浓荫，秋之红叶，冬之快雪，四时风光，令人神往。

　　大黑山，上部山势陡峭，多为裸露岩石，中部坡度稍缓，覆盖灌木。山下土层较厚，林木茂盛，间有果园，形成环山林带。山中有鹞子口、关门寨、舍身崖、滴水壶、仙人台、仙人桥等自然景观。登上大黑山，晨可见黄海日出，晚可观渤海日落，大连八景之一的"黑山夕阳"即指此处。

　　据史料记载，隋唐时代人们在这里开山造寺，后经多少朝代重建修复，现有响水观、朝阳寺、唐王殿、观音阁以及高句丽山城、卑沙城等古建筑和庙宇群。金州八大景中，大黑山占四景，即为：响泉消夏、朝阳霁雪、山城夕阳、南阁飞云。

相传,当年李世民在此安营扎寨。在民间流传着一段神奇的传说故事:李世民率兵上山时,山上的玫瑰树上的刺原本是往上生长的,当追兵在后面追赶时,玫瑰树上的刺转而为往下长,将追兵的衣裤划破,皮肉刺得伤痕累累,再有天上降下形似和尚的石雨,挡住了追兵们的去路。和尚山也因和尚石而得名。

1987年至1990年,我任观通团政治处主任期间,多次来到大和尚山观通站。该站驻守在山顶上,左侧三百米外是一座古庙,当时庙里还保留着唐王李世民在此休息的石凳、石床和拴马的石柱,以及引马喝水的板倒井等。还有值得一提的是,夏天时,庙外暑热难耐,庙里却凉爽如秋;冬天时,庙外冰天雪地,庙里却温暖如春;每逢刮风时,庙外山顶的风特别大,庙院内却十分平静。聆听着这些神奇的传说故事和神秘的自然现象,无不给人带来无限的遐想,感到这里的一切在我们的眼里都灵动起来,这里的一切都是有生命的。

那时的大黑山,因是军事禁区,除了山下的景点对外开放,山上的设施是封锁的,古庙也被部队占用。今日的大黑山,为国家AAA级景区、国家森林公园和国家地质公园,同时佛、道、儒三教合一,是辽东地区著名的宗教圣地,辽宁省文物保护单位,也是滨海城市登山旅游的经典路线。

往事如云如烟。如今离开部队已近30年了,对于当年大黑山的情景历历在目,那时留下的美好记忆,在我心中难以忘怀。

黄杨木全堂佛像

　　我于 20 世纪 90 年代初,收藏了一尊长 100 厘米,宽 25 厘米,厚 10 厘米的黄杨木雕全堂佛像。这堂共有 100 多尊的佛像,个个身穿袈裟,面部丰满圆润,仪态温和秀丽,柔美端庄。整个作品,雕工精细,线条流畅,结构清晰,形神兼备,层次分明,造型生动,栩栩如生。

　　这尊全堂佛像寄寓着一种特殊的情结。那是当年我从部队转业时,一位部队的老首长送给我的转业礼物,现在我用玻璃罩精心护着,并与其他几幅书画一起安放在书房里。可以说,这尊佛像不仅是件艺术收藏品,更是我与佛文化结缘的见证。

　　这尊全堂佛像,用整块黄杨木精雕而成。然而,黄杨木生长十分缓慢,若要能成为雕刻全堂佛像之类的材料,一般都要有百年以上树龄的黄杨木才能雕刻成。

　　好马配好鞍,材质好,还要雕刻的好。此尊全堂佛像精美雅致的雕工,尽显民间艺人的精湛技艺和聪明才智。那姿态各异、惟妙惟肖的佛像，有立像、坐像、倚像、卧像、飞行像等，通过平雕、透雕、镂空雕等手法表现得出神入化，整个作品以精美、华丽或朴素的外形，以古朴的风格，别具匠心，细腻精巧的制作达到了完美的境界，无不透出浓郁的文化气息，使人对工匠的高超智慧肃然起敬。从中既可以领略到中国几千年博大精深的木雕文化，更是为居室增添了几分雅致，让人品味无穷。

我对佛学可谓是门外汉，但欣赏着这尊全堂佛像，对艺术趣味的养成、心性的陶冶、境界的开启有着一定帮助和启发。每当闲暇之余，在全堂佛像前静看，那逼真的金黄色的充满生命流动感和张力的佛像，衬托着飘浮的云朵，让人在恍惚间有亦动亦静透出灵气之感，仿佛如入画中。